딸깍"
열어주다

딸깍" 열어주다

멋진 스승들

ⓒ 성우제

1판 1쇄 발행		2016년 8월 17일
1판 2쇄 발행		2016년 9월 7일

지은이		성우제
펴낸이		정홍수
편집		김현숙 이진선
펴낸곳		(주)도서출판 강
출판등록		2000년 8월 9일(제2000-185호)

주소		서울시 마포구 동교로17안길 21(우 04002)
전화		02-325-9566
팩시밀리		02-325-8486
전자우편		gangpub@hanmail.net

값 14,000
ISBN 978-89-8218-212-9 03810

이 도서의 국립중앙도서관 출판시도서목록(CIP)은 서지정보유통지원시스템 홈페이지(http://seoji.nl.go.kr)와
국가자료공동목록시스템(http://www.nl.go.kr/kolisnet)에서 이용하실 수 있습니다.(CIP제어번호: CIP2016017934)

딸깍'
열어주다

멋진 스승들

성우제 지음

스승에 대한 페이스북 친구들의 열광적인 호응에 힘입어

이 글은 페이스북에서 시작되었다.

어느 페이스북 친구가 황현산 선생님이 쓴 신문 칼럼을 타임라인에 올려놓았다. 그 글의 앞부분에 있는 '스승'이라는 단어가 눈에 쏙 들어왔다. 링크한 원문을 찾아가 보니 그 스승은 짐작했던 대로 강성욱 선생님이었다. 나로서는 대중 매체에서 처음 읽는 강 선생님 이야기였다. 제자는 일본 제국주의와 관련한 '과거 객관화'에 대해 이야기하면서, 일본에서 나고 자라고 공부한 스승의 학구적 태도와 그분이 주신 교훈에 대해 언급하고 있었다.

그 스승과 제자 모두 내 스승이어서, 칼럼 내용이 주는 울림은 남달랐다. 그 울림에 힘입어 나는 두 분을 포함한 내 스승들에 대한 이야기를 페이스북에 적기 시작했다. 독자들이 적극적으로 호응했다. 뜻밖이었다. 극히 개인적이고 사소하여 지루할 법한 이야기인데도 '좋아요'는 평소보다 많았고 "감동적이다" "재미있다"는 댓글이 이어졌다. 내 글을 퍼 나르는 독자도 적지 않았다.

나 스스로 '스승 복이 많다'고 생각했지만 그것이 특별하다고 여긴 적은 별로 없었다. 내가 쓰는 스승 이야기에 페이스북 독자들이 보이는 반응이 오히려 특별하고 신기해 보였다. 그런 반응에 고무되어 한 분, 두 분 스승을 더 떠올리고 기억나는 대로 이야기를 적어나가자 "책으로 읽고 싶다"는 독자들이 생겨났다. 얼마 지나지 않아 나는 온라인 글쓰기를 멈추고 책에 실릴 글을 쓰기 시작했다(온라인 글쓰기와 책의 글쓰기가 많이 달라서 온라인에 먼저 올린 글들도 책에서는 다시 썼다).

내 스승 이야기를 듣고 "부럽다" "신기하다"는 독자들의 반응을 접하면서 나는 두 가지를 느낄 수 있었다. 누구나 마음속에 스승을 '모시고 싶어 한다'는 것이 그 첫번째요, 두번째는 누구나 마음속에 스승을 '모시고 산다'는 사실이다.

페이스북 친구들과 교감하면서 자연스럽게 떠오른 생각은, 누구에게나 스승은 있으되 스스로 찾지 못하는(않는) 것이 아닌가 하는 것이다. '스승이 없는 시대'라고들 하지만 따지고 보면 '스승을 잊고 사는 시대'라는 느낌이 들었기 때문이다. 스승 없이 어찌 오늘의 내가 있을 수 있는가. 자기 스승에 대한 기억이 전혀 없다면 페이스북 친구들이 지극히 사적이고 사소한 내 글에 공감할 까닭이 없다. 나는 누구나 마음속에 품고 있을 그 스승들을, 아직 지워지지 않은 소소한 기억에 기대어 그리 어렵지 않게 떠올렸을 뿐이다.

이렇게 글로 적으며 '객관화'하다 보니, 세월이 흐를수록 무한대로 커지고 깊어지던 내 스승님들에 대한 감정이 일정한 틀 속에 갇히는 것 같은 아쉬움이 생겨난다. 그러나 이 책이 독자들로 하여금 자기 스승을 느끼고 발견하도록 하는 데 작은 자극이나 도움이 된다면, 그 아쉬움은 큰 보람으로 바뀔 것이다.

당연한 말일 터이지만 훌륭한 스승들 덕분에 나는 이 책을 쓸 수 있었다. 내 개인적인 기억이 그분들께 혹시라도 누가 되지나 않을까 하는 걱정이 앞선다.

강출판사 편집부에 진심으로 고맙다. 특히 정홍수 형의 전폭적인 지지와 격려가 없었더라면 책을 마무리하기가 어려웠을 것이다.

2016년 여름
성우제

차례

김화영 선생님

프랑스어권의 대표적인 번역가이자 문학평론가. 30여 년간 고려대 불어불문학과 교수로 재직했으며 현재 같은 대학 명예교수이자 대한민국예술원 회원으로 있다. 탁월한 안목과 유려하고 정교한 번역으로 프랑스의 대표적인 문학 작품을 국내에 소개해왔다.

아,

아버지의 느낌이
이런 것이로구나

"8월에 미국 갈 일이 생겼다. 버펄로 가는 길에 토론토 너희 집에도 가보고 싶은데……"

2012년 3월 어느 날 김화영 선생님께서 토론토로 전화를 하셨다. 미국 버펄로에는 박사 과정 공부를 하는 아드님이 있었다. 토론토에서 자동차로 1시간 30분밖에 안 걸리는 도시에 오시는데, 우리 집에 당연히 모셔야 했다. "염려해주신 덕분에 이렇게 자리 잡고 잘살고 있습니다" 하고 우리가 사는 모습을 꼭 보여드리고 싶었다. 2002년 캐나다로 떠나올 때 부모님처럼 걱정하고 격려해주셨기 때문이다.

그해 봄과 여름, 나와 아내는 선생님 맞을 준비를 조금씩 해가며 오실 날을 기다렸다. 집 안팎으로 페인트칠을 하고, 화단을 가꾸고 잔디에는 매일 아침 물을 주었다. 하나하나 준비를 하는 것이 즐겁고 무엇보다 마음이 설레었다. 어찌 생각하면 어려운 어른을 모시는 일인데, 어떻게 이런 마음이 드나 싶었다. 나보다 더 어려워할 법한 아내도 나와 같은 마음이었다.

하룻밤이라도 토론토에서 모시고 싶었으나 선생님은 우리에게 조금이라도 부담을 주지 않겠다는 '확고한 의지'를 가지고 계셨다. 버펄로와 맞닿아 있는 국경 도시 나이아가라에 우리가 묵을 호텔까지 미리 예약하셨다. 선생님은 오전에 토론토에 왔다가 저녁에 나이아가라로 함께 이동해, 그 이튿날까지 시간을 함께 보내자고 하셨다.

토론토와 나이아가라에서 선생님 가족과 함께한 1박 2일의 여운은 수년이 지난 지금까지도 마음속에 생생하게 살아 있다. 아무리 오랜 시간이 흘러도 지워지지 않을 따뜻한 느낌이다. 나이아가라에서 헤어지면서 선생님과 사모님은 우리 부부를 안아 주셨다. 아쉽고 서운해서 마음이 뜨거워지고 눈물이 쏟아졌다. '아, 아버지의 느낌이 이런 것이로구나' 하는 생각이 불현듯 들었다. 친가와 처가의 두 분 아버지가 세상을 뜨신 지 20년이 넘었다. 오랜만에 맛보는 아버지 느낌은 깊고도 묵직했다.

토론토와 나이아가라에서 선생님과 함께 보낸 시간은 말 그대로 '꿀맛' 같았다. 선생님은 학교에서는 늘 엄격했으나 학교 바깥에서는 언제나 다정다감한 분이었다.

주제는 작게
문장은 간결하게

내가 김화영 선생님을 처음 뵌 것은 1982년 대학 1학년 첫 학기 때였다. 고려대 불문과에 신입생을 대상으로 하는 '번역불문학'이라는 전공 과목이 개설되어 있었다. 수강 학생들이 몇명씩 조를 짜서 스탕달, 발자크, 플로베르, 졸라 등 19세기 작가의 작품들을 읽고 공동으로 무엇을 발표하고 리포트를 내는 수업이었다.

첫 시간. 김화영 선생님이 강의에 대해 설명하셨다. 말씀을 어찌나 근사하게 하시는지 '고대 불문과에 오기를 정말 잘했다'는 생각이 들 정도였다. 프랑스 소설을 번역본으로나마 빨리 접하게 하려고 그해 처음 개설한 과목이라고 했다. 국어, 영어, 불어 등 주로 교양 과목 위주의 수강 시간표 중에서 대학 강의의 맛을 볼 수 있는 거의 유일한 과목이었다. 강의 내용이 귀에 쏙쏙 들어왔고 재미있었다.

전두환 신군부가 통치하던 5공화국 초기여서 대학 캠퍼스 분위기는 삭막했다. 대학 문화에 대한 호기심으로 눈을 반짝일 신입생이었으나 나는 학교 가기가 싫었다. 1시간 30분 동안 버스를 두 번 갈아타고 가야 할 정도로 집에서 멀기도 했거니와, 대학 생활이라는 것이 도대체 재미가 없었다. 여학생을 소개받는 미팅조차도 마음 편하게 하지 못하던 시절이었기 때문이다.

억지로 가다시피 하던 학교에서 그나마 숨통을 트이게 해주는 것이 있었으니, 그건 바로 '번역불문학'과 안병학 선생님이 가르치던 '교양국어' 수업이었다(첫 학기 두 과목 모두 A⁺를 받았다. 다른 과목들은 당연히 성적이 좋지 않았다).

번역불문학 시간에는 소설 읽는 방법을 배웠다. 소설 읽는 방법이 있다는 걸 처음 알았고, 소설을 요모조모 뜯어 읽으면 그 세계가 더 풍부하고 입체적으로 보인다는 것도 처음 배웠다. 소설이 나온 역사적 배경은 물론 등장인물의 생김새며 옷 색깔, 머리 모양까지 따져가며 읽을 수 있다는 걸 알게 되면서 신기해하던 기억이 남아 있다.

우리 조가 텍스트로 삼은 작품은 스탕달의 『파르므의 승원』이었다. 그런데 시중 서점을 아무리 뒤져도 책을 찾을 수가 없었다. 강의가 끝나고 선생님을 따라가서 "책을 구할 수가 없습니다"라고 했더니, 선생님은 눈을 동그랗게 뜨셨다. "책을 왜 못구해? 도서관에는 가봤어?" 선생님과 처음 나눈 대화였다. 3월 중순이라 대학 도서관이라는 곳을 미처 알지 못할 때였다. 중앙 도서관 서가에 을유문화사에서 나온 번역본이 있었다. 아주 오래된 책이라 초록색 하드커버가 덧씌워져 있었다.

다음 학기에 선생님 수업을 듣게 된 것은 순전히 김횐주 때문이었다. 우리 과 단짝 친구였던 횐주는 문학에 대한 열정이 남달랐고, 나와 달리 담대했다. 친구는 플로베르의 『마담 보바리』를 교재로 하는 김화영 선생님 강의에 함께 들어가자고 했다. 고학년들이 듣는 원서 강의였다. 나는 겁도 나고 열정 같은 것도 없어서 싫다고 했지만 횐주는 "듣는 거야 못하겠냐"며 나를 끌고 갔다. 우리는 단짝답게 모든 강의를 함께 신청했기 때문에 따라갈 수밖에 없었다.

강의 첫날, 선생님은 우리를 보더니 "너희들이 들어올 수업이 아니다. 나가라"고 하셨다. 횐주는 내가 나가자고 잡아끄는데도 "싫다"며 버텼다. 우리는 그렇게 눌러앉았다. 그 이후 수업을 어떻게 따라갔는지 기억나지 않는다. 학교를 떠나고 몇 년이 지난 후 선생님과 횐주 이야기를 하던 중에 선생님께서 에피소드를 들려주셨다. "고학년 강의에 들어온 1학년 두 녀석이 있었지. 나가라고 해도 고집을 부려서 어찌하나 보자 하고 그냥 됐거든. 그런데 곧잘 따라와서 성적을 좋게 줬어. 그게 횐주하고 너였구나." 나는 친구 덕에 선생님 기억에 이렇게 남게 되었다.

1984년 3학년 1학기. 동기들은 입대를 하든가 앞날을 구체적으로 준비하기 시작했으나 나는 그때까지도 딱히 하고 싶은 것이 없었다. 권태롭고 막막한 날들이 이어졌다. 그 학기에 '논문 작성법'이라는 이상한 이름의 전공 필수 과목이 불문과에 새로 생겼다. 김화영 선생님 강의였다.

첫 시간에 선생님은 이 과목에 대해 설명하셨다. 요즘은 학부 졸업 논문의 의미가 사라졌으니, 이 강의에서 논문 쓰는 법을 제대로 배우고 학기 말에 짧은 논문 형식의 리포트를 제출하면 된다는 내용이었다. 시험도 없고 이 강의를 들으면 졸업 논문을 쓰지 않아도 된다고 했다. 이 강의를 듣지 않으면 불문과에서 졸업을 못한다고 해서 들어갔는데, 뜻하지 않게 나는 이 수업에 단박 매료되었다. 교재는 선생님이 가려 뽑은 불어로 된 소논문들과 고대출판부에서 발간한 『논문 작성법』이라는 책이었다. "논문 쓰는 방법을 설명하는 것으로 가장 잘 쓴 책이다"라는 선생님의 소개가 인상적이었다. 책은 얇았고 내용은 간단했다. 과연 그 책은 훌륭했다. 나는 석사 논문을 쓸 때까지 그 책을 열 번은 더 본 것 같다.

논문 작성법 강의는 글 쓰는 방법을 가르치는 시간이었다. 글쓰기란 무엇인가, 어떤 글이 좋은 글인가, 어떻게 써야 하는가 등에 대해 조목조목 배웠다. 알고 싶어 했으나, 누구도 가르치지 않았고 어디에서도 배울 수 없는 내용이었다. 더군다나 '김화영' 선생님한테서 그것을 배웠으니, 돌이켜 생각하면 그 강의를 들었다는 것은 이만저만한 행운이 아니었다. 그때 들었던 선생님 말씀 가운데, 기자로서 기사를 쓸 때는 물론 지금도 글을 쓸 때마다 명심하고 있는 두 가지가 있다.

"주제는 작게."

"문장은 간결하게."

다른 수업은 툭하면 빠지던 시절이었으나 '논문 작성법'만은 그렇게 하지 않았다. 안 들어가면 손해라는 생각이 들었고 무엇보다 수업이 재미있었다. 그 학기에는 특이하게도 즐겁게 들어가던 강의가 여럿 있었다. 사학과 강만길 교수의 실학 강의와 사대 국어교육과에 개설된 최동호 교수(당시 경희대 재직 중에 고대로 강의를 나왔다)의 시론 강의였다.

학기말이 되자 과제가 나왔다. 논문 형식으로 글을 쓰되 작품과 주제는 각자 알아서 정하라고 했다. 작품도 원서든 번역본이든 본인이 알아서 결정하라고 했다. 대학 들어와서 처음으로 작정하고 무엇을 제대로 쓴다는 느낌이 들었다.

나는 1학년 때 읽었던 스탕달의 『적과 흑』을 다시 펼쳤다. 수업 시간에 배운 대로 주제는 작게 잡았다. 등장인물에 관해 쓴다면, 보통은 줄리앙 소렐에게 관심을 둘 법했으나 나는 인물의 비중으로 따지자면 세번째인 마틸드에 초점을 맞추었다. 귀족이라는 신분에 얽매여 갈등하고 조바심 내는 젊고 아름다운 여자 주인공의 불안한 심리가 내게는 퍽 인상적이었다. 주제도, 제목도 작품에 표현되어 있는 그대로 '마틸드의 영웅주의'로 정했다. 대학 들어와서 공부를 하며 밤을 새운 것은 그때가 처음이었다. 신바람 나게 써서 그런지 힘든 줄도 몰랐다. 새벽에 학교로 가서 선생님 연구실 문 아래로 400자 원고지에 쓴 리포트를 밀어넣었다. 뿌듯했다. 대학 들어와서 처음으로 맛보는 뿌듯함이었다.

그 직후 학교에서 만난 어느 선배가 내게 전해주었다. 대학원의 종강 모임에서 김화영 선생님이 그러시더라고 했다. "이번에 논문 작성법 과제물을 받아보니 성우제하고 윤영미라는 아이가 잘 썼더라." 학점은 A⁺였다. 그때까지도 뿌옇기만 하던 내 앞길이 조금 열리는 것 같은 기분이 들었다.

30년 지나 알게 된

두루마리
붓글씨 탄원서

1985년 늦가을. 4학년이 된 나는 대학원 입학 시험을 준비 중이었고, 친구 김훤주는 삼민투 사건으로 구속되어 감옥에 가 있었다. 친구는 2년을 고민하다가 3학년 들어 학생운동에 뛰어들었고, 고민이 깊었던 만큼 누구보다 열심히 했다. 훤주는 김화영 선생님 지도 학생이었다. 1년 동안 파리에 연구차가 계셨던 선생님은 그해 가을에 돌아오셨다. 훤주가 여름에 구속되었다는 소식은 파리의 한국 특파원들을 통해 이미 알고 계셨다. 선생님은 내게 훤주의 재판 날짜를 물어보셨고, 덕수궁 근처 법원에서 열린 훤주 재판을 여러 번 지켜보셨다.

당시 고대에는 전두환 정권의 폭압 정치에 항의하는 교수들이 많았다. 그분들과는 달리 우리 눈에는 김 선생님이 연구와 강의에만 전념하는 분으로 비쳤다. 그러나 민주화를 요구하는 5공화국 최초의 고대 교수 시국 선언문에 선생님 성함이 들어 있었다. 요즘이야 교수들의 시국 선언이 흔하지만 당시만 해도 시국 선언문에 서명한다는 것은 어지간한 모험이 아닐 수 없었다. 교수 자리를 내놓을 각오를 해야 하는 것은 물론 가족의 안위까지 걱정해야 할 정도였으니 말이다. 김 선생님이 휜주의 재판에 함께 가자고 하시는 것이 처음에는 의외다 싶었으나, 나중에 시국 선언문에서 선생님의 성함을 보고는 내 생각이 짧았다는 것을 알게 되었다. 선생님은 아무런 말씀 없이 그저 조용히 행동하셨다.

선생님이 얼마나 표나지 않게 움직이셨는지, 수십 년이 지난 후에야 비로소 알게 된 사실도 있다. 휜주가 재판을 받을 당시 가족과 친구 들은 담당 판사에게 선처를 호소하는 탄원서를 써서 보냈다. 그때 김화영 선생님도 탄원서를 썼다는 것은 선생님이 토론토에 오셨을 때 처음 들었다. 30년이나 지나서야 알게 된 사실이었다.

선생님의 탄원서는 형식도 특별했다. 선생님은 화선지에 붓글씨로 탄원서를 쓰셨다고 한다. 얼마나 길게 썼던지 그것을 접어 봉투에 넣은 것이 아니라 두루마리로 만드셨다고 했다. 민주화 운동을 하다가 재판정에 서게 된 제자의 선처를 호소하며 스승이 이런 탄원서를 썼다는 이야기는 그동안 어디에서도 듣지 못했다. 그 내용이 어떠했을지에 대해서는, 캐나다에 살러 온 내게 보내신 편지들을 통해서도 쉽게 미루어 짐작할 수 있다. 더없이 아름답고 감동적이었을 것이다. 이 말씀을 듣고 놀라서 "두루마

서울, 2002년 9월 28일

무제 에게,

카나다 도착후 처음으로 보낸 편지 받고
여러 날이 지나 버렸다. 어느 만큼 자리가
잡혔는지. 일자리는 얻었는지 궁금하구나.
제 나라 안에서도 삶은 날이 갈수록 서먹하고
고단한(데) 낯설고 말 설은 나라에서 멀마나
힘든 일이 많을까.
편지 받고 곧 '답장' 쓰려 하였으나 네가
적어 보낸 네 주소 글씨가 좀 지나치게 달필
이어서 판독이 만만치 않아 오래 망서리다가
나의 주관적인 해독을 믿고 쓰기로 하다.
일년동안 안식년으로 잘 쉬고, 새로 강의를 해대니
만만치 않은데. 지난주말 등산중 발을 헛딛어
부상, 골절이라 3박 4일 병원신세 끝에 지금은
횔체어, 목발등에 신세 기능을 연장시키었다.
덕분에 의자에 앉아 燈火可親의 계절을
만끽하게 생겼다. 가을이 끝날 무렵이면 얼마나
휘날레 북한산 단풍을 보려나.
네가 떠난 항구, 사람들 눈에 보이는 것은 오직 돈!
그리고 크고도 작은 도둑들의 진흙탕싸움, 그 위로
찬란한 가을볕이 쏟아진다. 가족과 함께 늘 건강
하고, 그리고 힘 내라. 우리 모두 힘 내자.
                                    김 화 영

리 탄원서가 사라진 게 너무 아쉽다"고 했더니 선생님은 조용히 웃기만 하셨다. 나중에 훤주에게 이런 일이 있었노라고 전했다. 친구는 한마디만 했다. "내가 죄인이다."

훤주에 대한 선생님의 관심은 우리가 졸업을 한 뒤에도 계속되었다. 감옥에서 풀려난 훤주는 노동 운동을 하러 남쪽 지역으로 내려갔다. 선생님은 내게 "너하고 연락은 하고 사는 거야?"라고 가끔씩 물어보셨다.

내가 기자가 되어 일하던 어느 날 아침, 직장 선배가 "김훤주 씨가 친구라며? 출장 가서 네 친구 만나고 왔다"라고 말했다. 문학 행사 취재가 있어서 마산에 다녀왔는데, 그 행사에 온 김화영 선생님이 훤주를 일부러 찾아가셨다는 얘기였다. 당신 혼자 몸을 뺄 수 없는 상황이어서 그랬는지 모르겠으나, 젊은 문인들을 그 자리에 함께 데리고 가셨다고 했다. 나는 그 소식을 듣고 기분이 좋아서 기자이자 시인인 선배에게 자랑하듯 말했다. "그 친구가 빼어난 시인이거든요." 사실이 그랬다.

학교에서 제자들은 김 선생님이 엄하고 무서운 분이라고들 했다. 무서워하기는 나도 마찬가지였으나, 무서움 뒤에 무엇이 있는지를 나는 일찌감치 알고 있었다. 우리의 엄부들처럼 직접 표현하지 않으셨을 뿐이다. 나는 제자를 대하는 선생님의 애틋한 마음을 어느 신문에 실린 선생님의 칼럼에서 읽을 수 있었다. 대학원 시절, 스승의 날에 선생님께 손수건을 몇 장 사드린 적이 있다. 학내에서 연일 시위가 벌어지고 최루탄이 터져서 눈물 콧

물 뿌리며 교문을 드나들 때였다. 몇 년 후 선생님은 '제자가 준 스승의 날 선물'이라는 제목으로 내가 사드린 손수건 이야기를 쓰셨다. 손수건을 여전히 애용하게 만드는 시국을 비판하는 내용이었다. 그 작은 선물을 그렇게 오랫동안 기억하신다는 사실이 나로서는 놀라웠다.

대학원생 불어가

왜
그 모양이야?

　　선생님한테 강렬한 인상을 남긴 친구 김훤주와
는 달리, 나는 강렬함이라고는 별로 없는 평범한 학생이었다. 대
학원에 진학해 선생님 지도 학생으로 들어갈 때까지도 사제 관
계가 특이할 것이 없었다. 학부 때 한 과목에서 칭찬과 좋은 성
적을 받았다는 것은 누구에게나 한 번쯤 있을 법한 일이다. 그래
도 나는 그 사실 하나 때문에 지도 교수가 되어주십사 하고 선생
님을 찾아갔다. 내가 20세기 소설가 앙드레 지드를 석사과정 전
공 작가로 삼은 것은, 지드를 좋아해서라기보다는 김 선생님 지
도 학생이 되고 싶어서였다.

　대학원 첫 학기에 김 선생님은 미셸 레몽이 지은 『소설의 기원
(*L'Origine du Roman*)』을 교재로 강의하셨다. 대충 묻어가도 되는
학부 강의와는 차원이 달랐다. 내가 발표할 때는 헤맸고, 남들이

진행할 때는 허덕이며 따라갔다. 2학기 초가 되자 선생님이 나를 따로 부르셨다. "그냥 둬서는 안 될 것 같아서 오라고 했다." 나는 눈물이 쑥 빠지도록 야단을 맞았다. 그때 지적하신 문제 중의 하나가 또렷하게 기억에 남아 있다. 지금 생각해도 섬뜩해서, 차마 잊을 수가 없다.

"대학원생 불어가 왜 그 모양이야?"

학부 1. 2학년 때 다졌어야 할 기초, 바로 그것이 부실하다는 사실을 나도 잘 알고 있었다. 학부 때는 어영부영 넘어갈 수 있었으나 대학원에 오니 문제가 바로 드러났다. 공부를 제대로 하지 않는다고 얼마나 혼이 났는지, 선생님 방에서 나올 때 다리가 후들거렸다.

문과대 건물을 나와 어디에 잠시 앉아야 했다. 걸을 힘조차 없었다. 건물 바로 옆에 있는 농구장 스탠드에 앉았다. 농구장에는 팔짝팔짝 뛰며 농구를 하는 사람들이 많이 있었다. 땀과 먼지로 범벅이 되어 신나게 노는 모습이 부러웠다. 그것을 지켜보며 한참 동안 울었다. 예전보다 조금 어려워졌다는 대학원 시험에 합격했다고 우쭐해하고, 대학원생이 되었다고 폼만 잡을 줄 알았지 나는 연구자로서 제대로 하는 것이 없었다. 공부도 할 줄 모르고, 그렇다고 농구장에서 보이는 것처럼 신나게 놀 줄 아는 것도 아니었다. 마치 내가 빈 깡통 같다는 느낌이 들었다. 이쯤에서 공부를 그만둬야 하는 것이 아닌가 하는 생각이 들었다.

일주일 후 다시 뵙기로 한 날. 선생님은 내가 지금 무슨 공부를 어떻게 하고 있는지 보여달라고 하셨다. 앙드레 지드의 소설을 읽고 있으며 지금으로서는 딱히 보여드릴 것이 없다고 솔직하게 말씀드렸다.

"일단 불어부터 다시 공부해라. 가장 먼저 해야 할 것은 단어 외우기다."

선생님은 대학원 시절에 당신이 했던 방법이라며 알려주셨다. 놀랍도록 구체적이었다. "빈 명함을 몇 통 사라. 여자용이 작아서 손에 쏙 들어간다." 한 면에는 불어 단어를, 뒤에는 우리말 뜻을 적은 다음 그것을 주머니에 넣고 다니며 수시로 꺼내 보라고 하셨다. 거기서 끝난 것이 아니었다. 선생님은 한발 더 나가셨다. "그거 만들면 내게 보여라."

그다음은 '작품 단어장.' 나는 앙드레 지드의 소설을 읽으면서 모르는 단어가 나오면 사전을 한 번 찾고 그냥 넘어갔었다. 시도 아니고 소설인데 단어를 하나하나 따질 것까지 있겠나 싶었다. "나도 지금 모르는 단어 나오면 몇 번을 쓰면서 외운다." 선생님은 마치 고등학생을 가르치시듯 말씀하셨다. 작품을 처음 읽을 때 단어장을 꼼꼼하게 만들되, 그 단어장에는 해당 작품에 맞는 뜻 하나만 적으라고 했다. 작품 단어장을 그렇게 만들어두면 두 번째부터는 작품 읽기가 훨씬 수월해진다는 것이다.

명함 단어장은 대학원 시절 내내 주머니에 넣고 다녔다. 버스나 지하철을 탈 때는 물론 술자리에서도 일부러 슬쩍 꺼내 보곤 했다. 당시에 내가 이런 단어장을 만들어 다니는 줄은 아무도 몰랐다. 선생님도 수업 시간에는 단어장에 대해 아무런 말씀을 하지 않으셨다. 나를 배려하신다는 느낌이 들었다.

'작품 단어장'은 작품을 두번째 읽을 때부터 짐작했던 것보다 훨씬 더 효율적이었다. 사전을 찾을 필요가 없으니 속도가 붙었다. 두꺼운 텍스트를 앞에 두고도 겁이 나지 않았으며, 처음 읽을 때는 보이지 않던 것들이 눈에 들어오기 시작했다.

논문 텍스트는 『사전꾼들(Les Faux-monnayeurs)』로 정했다. 텍스트를 세번째 읽을 때는 시간이 처음 읽을 때의 절반도 걸리지 않았다. 네번째부터는 단어장 없이도 책장을 넘겼다. 논문을 쓰는 중에도 글쓰기가 어려워질 때마다 작품을 다시 읽었다. 이삼일이면 충분했다. 그렇게 일곱 번을 읽었더니, 무엇이 몇 쪽에 어떻게 쓰여 있는지 훤히 보였다. 작품을 샅샅이 파악할 정도로 여러 번 읽고 카드를 작성해야 한다는 것도 선생님이 가르쳐주신 방법이었다.

당시 대학원에서 우리는 전공 작가·작품의 연구서 목록을 작성하고 그것을 구해 읽는 데 주력하는 분위기였다. 연구서를 보느라 작품 읽기를 소홀히 하는 경향도 없지 않았다. 선생님은 제동을 걸었다. "무엇보다 작품에 몰두해라. 연구서는 두세 권만 봐도 충분하다."

선생님이 일러주신 작품을 읽는 방법 또한 따로 있었다. 단락별로 소설 줄거리를 짧게 요약·정리하고, 배경과 시간, 인물 묘사 등에 관한 특이한 점은 그 옆에 메모하라고 일러주셨다. 소설을 하나하나 뜯어서 읽는 작업이었다. "동일한 현상이 반복되는 것에 특히 주목하라"는 말씀이 기억에 남는다.

이 글을 쓰는 중에 대학원 시절에 드문드문 적었던 일기를 펼쳤더니 선생님을 만난 날 적었던 내용이 있다.

공부는 세 가지 방향으로 해나갈 것.

1. 작품 읽기

2. 작품에 대해 쓴 비평문 찾아 읽기

3. 소설 일반론. 소설 일반론에서 질문을 찾아서 내 전공 작품에 적용해볼 것. 무엇보다 중요한 것은 작품을 훤히 분석할 정도로 여러 번 읽고 카드를 작성하는 일.

일기에 적혀 있는 재미나는 사실은 대학원 일상생활에 대한 선생님의 '지도'였다. 대학원 지도 교수의 가르침이 이렇게 섬세하고 구체적인 줄은 나도 몰랐다. 오랫동안 잊고 살았었다. 일기를 그대로 옮긴다.

1987년 7월 16일. 7월이 보름 남았다. 나는 벌써 반이나 지났다고 생각했는데 선생님은 보름이 남았다고 표현했다. 김 선생한테 또 야단맞았다. (……) 생활 태도와 집중에 대해 말씀하셨다. 일주일 중에 나흘 동안 바짝 공부하라, 사흘은 실컷 놀아라. 7월 말까지 집중해서 공부하고 8월 초에는 놀러 다녀와라. 공부는 새벽에 시작해 오후 4시에 끝내라.

대학원에서 이렇게까지 지도를 받는 학생은 없는 것 같았다. 선생님을 만나서 배우고 야단맞고 하는 일이 반복되는 와중에 대학원 석사 과정 4학기가 훌쩍 지나갔다. 다시 3월이 되자 선생님이 호출하셨다.

"논문은 어떻게 되고 있니?"

"쁠랑(plan) 잡고 있습니다."

"쁠랑만 잡다가 세월 다 보낼 거야? 쁠랑은 아무리 정교하게 잡아봐야 소용없어. 쓰다 보면 틀림없이 달라지게 되어 있어. 쁠랑은 그만 잡고 일단 쓰기 시작해."

서론은커녕 계획서도 제출하지 않았으니 미덥지 않으셨던 모양이다. 요즘 어떤 책을 보는지 물어보시고는 일주일에 한 번씩 선생님 연구실로 오라고 했다. 대학원 수업처럼 선생님 앞에서 나 혼자 발표하라는 말씀이었다.

'어, 이건 또 뭐지?' 하는 생각이 들었다. 그러나 그것은 대학원을 수료하고 난 후 소속감이 사라져서 금방 나태해질지도 모를 생활을 다잡는 계기가 되었다. 그 시절을 힘겹게 보낸 선배들도 여럿 있었다. 그렇게 두 번쯤 발표를 했다. 선생님과 나, 단두 사람이 연구실 소파에 앉아서 하는 수업이었다. 나는 논문을 쓸 때 가장 많이 보았던 N. 다비드 케이푸르와 클로드 마르탱이라는 연구자의 책들을 요약했다.

두번째 뵈었을 때 자료를 보며 한참 이야기하고 있는데 가늘게 코 고는 소리가 들렸다. 눈을 들어보니 선생님이 내는 소리였다. 나는 선생님이 연구와 강의, 글쓰기와 번역, 문학상 심사 등으로 얼마나 바쁘게 지내시는지 잘 알고 있었다. 코끝이 시큰했다. 나는 목소리를 조금 낮춰 발표를 계속 이어나갔다.

선생님은 논문을 한꺼번에 다 쓸 생각하지 말고 일부분이라도 쓰는 대로 가져오라고 하셨다. 모두 3부로 계획하고 그중 1부가 완성되는 대로 갖다 드렸다. 나로서는 논문 요건이나 제대로 갖추었을까 의심스러웠다. 며칠 후 집으로 전화해서 "학교 연구실로 오라"고 하셨다. 선생님은 내 논문을 내놓으시더니 웃으며 말씀하셨다.

"잘 썼다."

대학원에 들어와서 처음 듣는 칭찬이었다. 선생님은 한 말씀을 더 하셨다.

"마침 잘됐다. 대학원 졸업생에게 논문 출판 비용으로 주라는 장학금이 하나 들어왔는데, 너한테 주면 되겠다."

나는 너무 얼떨떨해서 선생님 연구실에서 웃지도 못하고 나왔다. 서관 농구장이 다시 보였다. 그 스탠드에 3년여 만에 다시 앉았다. 팔짝팔짝 뛰며 농구를 하는 사람들이 또 눈에 들어왔다. 이번에는 그들이 부럽지 않았다. 너무 좋아서 눈물이 쏟아졌다.

야단맞는 일에 익숙해져서 그런지 몰라도 내 대학원 생활에서 칭찬받을 일은 없을 줄 알았다. 게다가 장학금이라니 믿을 수가 없었다. 대학 입학 이후 학교에서 처음 받는 장학금이었다(나중에 장학금을 받고 보니 논문 출판 비용을 쓰고도 많이 남았다. 외부에서 온 장학금이라고 했다. 여러모로 기분이 좋아서 학교 앞 생맥주집을 빌려 우리 과 대학원생들을 모두 불렀다. 선생님들께는 비밀로 해달라고 부탁했다. 아셨다면 당연히 야단치셨을 것이다).

돌려받은 논문 초고를 펼쳐 보니 붉은 글씨로 섬세하게 첨삭되어 있었다. 선생님은 논문의 주제나 뼈대에 대해서는 말씀이 없으셨다. 다만 첨삭과 약간씩 보충을 해주는 방식으로 논문을 다듬어주셨다. 긴 문장은 끊어 간결하게 만들었고, 글을 쓸 때 주의해야 할 사항 몇 가지를 알려주시기도 했다. 이상하게도 선생님이 지적해주신 사소한 것들이 기억에 남는다. 아마도 기자가 되어 기사를 쓸 때도 늘 염두에 두어서 그럴 것이다.

먼저, 논문에서는 줄임말을 쓰지 마라. 이를테면 '돼 있다'는 '되어 있다' 로, '~게'가 아니라 '~것이'라고 풀어 쓸 것.

둘째, 첫째 둘째 셋째 하면서 예를 드는 표현은 '먼저(혹은 우선), 둘째, 셋째, 마지막으로'라고 쓰면 더 좋다.

셋째, 다음 단락으로 들어갈 때 앞의 내용을 한 줄 정도로 짧게 요약하면서 시작할 것. 그래야 글이 유기적으로 이어진다.

마지막으로, 글의 내용이 달라질 때는 '한편'이라는 단어를 쓰면서 시작하되 자주 사용하지는 말 것.

첫 단추를 잘 끼운 만큼 논문의 나머지를 어렵지 않게 쓸 수 있었다. 논문을 마무리할 즈음인 4월 중순 문학회 서클 선배한테서 전화가 왔다. 어느 잡지사에 자리가 났는데 일해보겠느냐고 물었다. 그곳 편집부에는 대학원생들이 여럿 있고, 일하면서 학교에 나갈 수 있다고 했다. 바깥세상이 어떻게 돌아가나 궁금하기도 하고 박사 과정 시험까지는 시간이 좀 남아서 5월부터 그곳에 나갔다.

직장이라지만 한 달 중 일주일 정도만 바빠서 논문을 완성하는 데는 지장이 없었다. 문제는 박사 과정 입학시험을 위한 영어 공부였는데, 그런 공부는 좀 미루고 우선 놀고 싶었다. 직장 선배 중에 재미있는 사람들이 많았다. 7년 만에 대학 울타리를 벗어났으니 새로운 세상을 만나는 즐거움이 컸다.

그렇게 놀다가 여름 학기 대학원 입학시험을 놓치고 말았다. 김 선생님께서 "우제는 아무도 안 보는 잡지사에 왜 나간다니?" 하며 역정을 내시더라고 대학원 선배가 전해주었다. 연락을 드리지 못했으니 그러실 만도 했다. 더 놀다가는 죽도 밥도 안 되겠다 싶어서, 9월까지만 일하겠다고 잡지사에 통보했다. 12월에 있는 박사 과정 입학시험을 준비하려고 영어책을 폈다. 강남 알리앙스프랑세즈에도 등록했다.

그즈음 새로 나오는 시사주간지에 입사한 선배가 연락을 해왔다. 기자를 새로 뽑고 있으니 지원해보라고 했다. 『시사저널』은 창간 전부터 '언론인 박권상 씨가 만드는 고급 시사주간지'라고 널리 소문이 나 있었다. 나는 '한국의 『타임』지'라는 말에 귀가 솔깃했다.

꼭 하고 싶다는 생각도 없이 '그냥 지원이나 해보자' 하고 갔는데, 덜컥 뽑혔다. 10월 초부터 출근하기 시작했다. 『시사저널』은 잡지를 만드는 모든 시스템을 새로 도입하는 바람에 창간 초기에는 기사를 쓰고 제작을 하는 데 혼란이 심했다. 100퍼센트 컴퓨터 조판 등 우리나라에서 처음으로 시도하는 것이 많았다. 미술부가 시각 요소를 가지고 지면 레이아웃을 하면, 취재 기자가 거기에 분량을 맞춰 기사를 써야 했다. 사진과 그림 요소를 기사 내용 못지않게 중요시했다. 미국의 유명한 시사주간지에서 왔다는 미국 여성 제니스 올슨이 아트디렉터라며 편집국을 휘젓고 다녔다.

편집부에 배속되어 창간 작업을 하다보니 출근 첫날부터 퇴근 시간이 새벽 3시를 넘기기 일쑤였다. 다음날 10시쯤 출근해, 다시 새벽 퇴근. 이런 날이 몇 개월 동안 지속되었다. 정신없이 일하다가 박사 과정 시험은 아예 잊고 말았다.

월급은 예상외로 많았다. 이삼 년 일하며 학자금이나 벌어놓자고 생각하니 마음이 편했다. 학교로 돌아간다는 생각을 버린 적은 없으나, 일에 빠져 살다 보니 그곳에서 빠져나오기가 쉽지 않았다. 일이 끝나면 연일 술을 마셨고 집에 와서 쓰러져 자다가 출근하는 날이 이어졌다. 힘들고 피곤하기는 해도 어렵고 지루한 대학원 공부와는 달리 언론사 생활은 퍽 재미있었다. 2년 후에 옮긴 문화부의 일은 내 기질과도 잘 맞았다.

우리 회사에는 김 선생님 친구분들이 여럿 계셨다. 어떤 분은 "네가 화영이 제자라며?"라며 알은 척하기도 했다. 어느 날 만났던 대학원 선배가 전해주었다. "김 선생님이 그러시더라. 네가 지금 일하는 곳은 괜찮아 보인다고." 마음이 조금 놓였다.

결혼 날짜를 잡았는데, 도저히 그냥 넘어가서는 안 될 것 같았다. 청첩장을 전해드리러 아내 될 사람과 함께 학교로 선생님을 찾아갔다. 입사한 지 2년쯤 지나서였다. 반갑게 맞아주셨다. 공부에 대해서는 묻지 않으셨다.

문화부에서 일하던 초기, 편집주간이 나를 부르더니 신문에서 오려낸 작은 기사를 하나 주었다. 김화영 선생님의 카뮈전집 출간에 관한 기사였다. "네 사부지? 네가 잘 알 테니 써봐"라고 했다. 정말 뭘 모르고 하는 말씀이었다. 내가 '사부'를 얼마나 어려워하는지 설명해봐야 이해해주지도 않을 테니, 무작정 못 쓰겠다고 할 수도 없었다. 게다가 편집부에서 문화부로 옮긴 지 얼마 되지 않았던 때라 안병찬 편집주간이 작정하고 나를 몰아세우던 시절이었다.

선생님께 전화를 드렸더니 반가워하셨다. 사진기자 김봉규와 함께 학교로 찾아갔다. 나는 질문하기가 쑥스러워 사진만 찍고 가자는 생각으로 가만히 앉아 있었다. 그런 내 속마음을 읽으셨는지 선생님은 카뮈 전집 번역과 관련한 이런저런 말씀을 많이 해주셨다.

이 기사와 관련한 에피소드가 하나 있다. 당시 김 선생님은 세계카뮈학회 회장을 맡고 계셨다. 내가 쓴 기사를 데스킹한 선배가 '카뮈 연구자'라는 표현 앞에 '세계적인'이라는 수식어를 붙여 편집부에 넘겼던 모양이다. 편집주간이 벼락 치는 소리로 나를 부르더니 "야, 너는 어떻게 자기 선생한테 '세계적인'이라는 표현을 쓸 수 있니?" 하고 야단을 쳤다. "내가 안 썼는데요?" "그럼 누구야? ○○○ 오라고 해." 불려온 선배는 무엇 때문인지는 모르겠으나 평소와 달리 버티었다. "틀린 말 아니잖아요. 세계카뮈학회 회장인데……" 내가 빼자고 해서 그 자리를 겨우 수습했다.

다른 어떤 기사보다 어렵게 썼으나 선생님한테서 "잘 썼더구나"라는 칭찬을 듣고 난 다음에는 어떤 기사를 썼을 때보다 뿌듯했다. 그 기사를 계기로 선생님을 자주 뵙기 시작했다. 회사를 떠날 때까지 줄곧 문화부에서만 일을 했으니 선생님을 뵐 기회가 자주 생겨났다. 우리나라 문화예술계는 바깥에서 바라볼 때와는 달리 매우 좁은 곳이었다.

사실 대학원 시절 학교 바깥의 내 주변 사람들이 김 선생님과 자꾸 만나게 되는 것을 지켜보면서, 우리나라 문화예술계가 좁구나, 내가 어디를 가든 선생님의 자기장 안에서 살게 되겠구나 하고 예감하기는 했었다. 소설을 쓰는 내 형 성석제가 1986년 봄 『문학사상』에서 시 부문 신인상을 받으며 등단했을 때 김 선생님은 두 심사위원 중의 한 분이었다. 내 형을 실질적으로 뽑은 분이 김 선생님이었다. 지면에 발표되고 난 후에야 나는 그 사실을 알았다.

대학원 시절 고교 문예반의 절친한 친구인 윤태일이 우리 학교에 갑자기 나타난 적이 있었다. 당시 태일이는 서울대 미학과에 재학 중이었는데,『고대신문』에서 주최한 문학상 평론 부문에 당선되어 상을 받으러 왔다고 했다. 태일이는 "김화영 선생이 뽑아줬어. 김 선생님이 네 지도 교수라고 했지?"라고 말했다. 태일이에게 웃으며 축하한다고 말을 하면서도 속은 아팠다. 태일이가 많이 부러웠고 '나는 지금 뭐하고 있나' 싶었다.

혹시라도

너무 힘들 때 있거든
SOS를 보내라

문화부 기자로 일할 때 내가 연락을 드리거나 우연히 뵙게 되는 경우도 많았고, 선생님께서 종종 전화를 먼저 주시기도 했다. 젊은 작가들과 만나는 자리에도 부르셨고 대학원 제자들과 종강 모임을 할 때도 연락을 주셨다. 내가 문화부 팀장이 되었을 때는 문화부 후배들과 함께 선생님을 찾아뵙기도 했다. 후배가 말했다.

"선배, 대단하네. 어떻게 지도 교수를 지금도 이렇게 만나요?" S대 독문과에서 나처럼 석사까지 하고 나온 후배였다. 나는 선생님 자주 뵙는 일을 당연하다 여겼는데 남들 눈에는 특별한 일로 보였던 모양이다. "S대와 K대의 차이지, 뭐." 나는 농담처럼 말했으나 고대에서도 별로 없는 일 같았다.

이렇게 선생님을 만나 뵈면서 나는 기자로서도 참 많이 배웠다. 나는 어느 자리에선가 들었던 선생님의 말씀을 문화예술 기사를 쓸 때 기본으로 삼았다. 마침『문학동네』2013년 봄호에 실린 인터뷰에서 선생님은 그 말씀을 하셨다.

내가 쓴 글들은 무엇인가를 비판하는 일이 별로 없어. 나는 잘못 쓴 작품에 대해 비판하는 것을 일종의 정력 낭비, 시간 낭비라고 보는 경향이 없지 않았어. 오히려 이것이 왜 잘 쓴 작품인지, 감동적인지 해명하고자 하는 욕구가 더 강했다고. 말하자면 내가 좋아하는 작품을 골라서 깊게 읽자 하는 것이 나의 기본적인 비평 태도라고.

나는 문화예술 관련 기사를 쓰면서 내가 좋아하는 작품을 독자들에게 소개하는 쪽에 주안점을 두었다. 그렇지 않아도 척박한 문화계에서는 비판하기보다는 좋은 것을 좋다고 북돋아주는 것이 훨씬 의미 있는 일이라고 생각했다. 나는 장르 불문하고 '내가 좋아하는 작품을 골라서' 깊게 읽고 독자에게 그 감동을 전해주고자 했다. 그것이 문화예술 기사를 쓰는 나의 기본적인 태도였다. 직장에 나와서도 선생님께 이렇게 배운 바가 컸다.

선생님과의 만남은 캐나다에 이민을 오기 직전까지 계속되었다. 우리 큰 아이의 청각장애 문제에 대해 늘 마음 아파하던 선생님은 "다른 나라라면 모르겠으나 캐나다라면 마음을 놓을 수 있겠다"고 하셨다. 퀘벡에서 캐나다 사회를 경험하고 하신 말씀이었다.

캐나다로 떠나오기 직전 선생님과 만난 자리에는 사모님도 함께 나오셨다. 헤어지면서 선물 봉투를 하나 주셨다. 그즈음 펴내신 시선집과 함께 편지와 미화 200달러가 들어 있었다.

우제,

전화만 하면 네! 하고 나타나던 네가 쉽게 잘 만날 수 없는 곳으로 간다니 많이 서운하다. 그렇지만 그리워할 사람이 하나 더 생긴 것이기도 하지. 새로운 곳에서 더 큰 희망을 갖고 더 큰 삶을 이루기 바란다. 자주 연락해라. 그럴 리 없기 바라지만, 혹시라도 너무 힘들 때 있거든 내게도 SOS를 보내라. 힘이 닿는 만큼은 돕도록 하겠다. 선물을 살까 하다가 그냥 여기 동봉하는 것. 처음 도착하여 여러 가지로 고단해지는 날, 시원한 맥주 한잔 시켜 마셔라. 그리고 세상에 결코 네가 혼자가 아니라는 것을 믿어라. 건투를 빈다. 온 가족 다 건강해야지.

2002년 5월 13일
김화영

마침 그날 이런 말씀도 하신 터였다. "내가 프랑스로 유학을 갈 때 말이야, 우리 선생님이 그런 말씀을 하시더라. 너무 힘들면 당신께 SOS를 보내라고. 그 말씀을 들으니 낯선 곳으로 가면서도 마음이 얼마나 든든했는지 몰라."

캐나다에 온 뒤로 해마다 12월이면 캐나다 우리 집에 뜻깊은 선물이 배달되었다. 선생님께서 "열두 장짜리 연하장이다" 하며 보내주신 모교 달력이었다. 학교에서 멀리 떨어져 계실 때는 조교한테 발송을 부탁하기도 하셨다. 선생님이 은퇴하실 때까지 계속 날아온 이 선물은, 새해를 맞을 때마다 우리에게 얼마나 큰 격려가 되었는지 모른다. 거기에는 마음을 적시는 감동적인 말씀이 늘 적혀 있었다. 나는 '세상에 결코 내가 혼자가 아니라는 것'을 믿었다. 큰 바위 같은 어른이 뒤에 계신다는 사실 하나만으로도 마음이 뜨거워지고 든든했다.

그런 선생님이 우리 가족이 사는 모습을 보러 캐나다에 오신다니 누구를 맞는 것보다 마음이 설레었다. 캐나다에 살러 온 지 꼭 10년 만이었다. 그사이에 우리 가족은 새로운 땅에 무사히 정착했고 아이들은 잘 자랐다.

나이아가라 근처의 작은 동네를 함께 구경하면서 선생님은 뜻밖의 선물을 사주셨다. 유리잔을 닦는 면 행주였다. 선생님은 그저 "내가 이것을 좋아한다"고 말씀하셨으나 나중에야 면 행주 선물에 담긴 뜻을 알게 되었다. 선생님이 전주 합죽선 선물과 더불어 새로 나온 산문집이라며 서울에서 가져오신 『여름의 묘약』(문학동네)에 면 행주에 대한 이야기가 나와 있었다.

한 귀퉁이에 딸기, 수박, 바나나 같은 모양을 수놓은 시골 행주 한 세트를 사서 8월에 결혼할 둘째 딸에게 선물하자고 아내에게 제안했다. 나는 이상하게도 그런 촌스러운 프랑스산 면 행주와 일본 산간의 온천여관에서 그냥 가져가게 하는 얇은 면 수건 따위를 유난히 좋아한다. 물기를 쏙쏙 잘 빨아들이는 데다가 얇아서 세탁 효과가 탁월하기 때문이다. 그런 뽀송뽀송한 행주로 포도주 잔을 투명하게 닦아 그 청결함을 빛에 비추어 보노라면 햇살이 날아와 탱탱 울리는 소리를 내는 것 같다. 나는 늘 이런 사소한 것에서 행복을 느낀다.

강성욱 선생님

1966년부터 30여 년간 고려대 불어불문학과 교수로 재직했다. 평생에 걸친 절차탁마의 엄격한 수행력으로 후학과 제자 들에게 큰 영향을 끼쳤다. 보들레르 연구의 대가로, 제자들과 함께 한국어판 보들레르 전집을 간행하기 위해 각고의 노력을 기울였으나 대업의 끝을 보지 못하고 2005년 세상을 떠나셨다.

짙은 감색 양복과
하얀색 와이셔츠

'간지나는' 중년

　내가 강성욱 선생님을 처음 뵌 것은 대학에 입학하기 직전이었다. 1982년 1월 고대 문과대 건물 1층 맨 안쪽 방에서 면접 시험을 치렀다. 컴컴한 복도를 따라 양쪽으로 방들이 길게 늘어서 있고 방문에는 '○○○ 교수'라는 이름표가 붙어 있었다. 복도 맨 끝의 방 앞에서 내 차례가 오기를 기다렸으나 수험생으로서 그 방문의 이름표를 읽을 여유는 없었다. 나를 면접하는 분께 "누구시죠?"라고 물어볼 수도 없었다. 분위기로 보아 불문과 교수 같았다. 내 아버지 연배의 품위 있고 점잖은 어른이었다. 짙은 감색 양복과 하얀색 와이셔츠가 눈에 들어왔다. 요즘 식으로 말하자면 한마디로 '간지나는' 중년이었다.

　그분은 낮고 굵은 목소리로 물으셨다. "불문과에는 어떻게 지원하게 됐니?" 내가 어떻게 답했는지는 기억나지 않는다. "들어오면 열심히 공부해라"라는 말씀에 그저 "예" 하고 나온 것 같다. 그분의 목소리가 부드러워서 그리 떨리지는 않았다. 나오면서 괜히 기분이 좋았다.

입학을 했는데 그분은 보이지 않았다. 신입생을 대상으로 하는 여러 행사에서는 물론, 강의실에서도 뵐 수 없었다. 우리 학번은 2학년이 끝날 때까지 이상하게도 강 선생님 강의를 들을 기회가 없었다. "강 선생님이 어떻고 저떻고……" 하며 선배들은 말이 많았다. 어떤 분이기에 저렇게 말들이 많을까 싶었다. 마치 베일에 싸여 있는 분 같았다. 우리 과 교수 여섯 분 가운데 유일하게 뵙지 못했지만 나는 강 선생님이 내가 면접 때 만났던 바로 그분이라는 것을 직감했다.

3학년이 되어 전공 선택으로 드디어 강성욱 교수 과목을 신청했다. 강의 제목은 '불시(佛詩) 연구'. 어려운 선택 과목이어서 그런지 수강하는 학생은 불문학에 관심이 있는 열댓 명이 전부였고, 그것도 군 복무를 마치고 온 복학생 선배들이 많았다. 강의 첫 시간. 역시 그분이었다. 2년 전 모습 그대로였다. 낮고 굵고 느릿느릿한 말투도 똑같았다. 양복 색깔과 하얀색 와이셔츠도 마찬가지였다.

강박처럼 따라다니는
말씀

"따져보거라"

선생님은 강단 위에서는 앉아서 말씀하셨다. 그러나 강단 위보다는 아래에 내려와 계실 때가 많았다. 학부 강의였으나 학생들이 돌아가면서 발표를 하는 것으로 수업이 진행되었기 때문이다. 선생님은 강의가 끝날 무렵에 우리와 함께 질문하고 과제를 내주고 마무리를 하셨다.

강의 중에 때로는 담배를 피우셨다. 연기를 빠짐없이 들이마시고 '후~' 하고 길게 내뿜는 모습이 멋졌다. 여러 번 뵙고 보니 선생님은 대단한 멋쟁이였다. 얼마나 근사해 보였으면, 선생님의 스타일이나 말투, 걷는 모습, 심지어 담배(은하수)까지 그대로 따라 하는 제자들이 생겨났다. 걸으실 때 두 손을 허리 뒤로 맞잡은 채 고개를 뒤로 조금 젖힌 듯한 모습이 독특했다. 멀리서 봐도 강 선생님을 금세 알아보았다.

말씀을 하실 때마다 "어~"로 시작하는 것 말고도, "말해보거라." "~은 찾아봤니?" "그랬니?" "아무것도 아니야." "형편없는 것들" 같은 것들은 지금도 선명하게 기억나는 강 선생님의 독특한 말버릇이다. 말투와 억양이 독특해서 제자라면 누구나 한 번쯤 따라 해보게 되는데, 흉내를 자주 내는 이들도 있었고 자기도 모르게 그 말투를 따라 하는 제자도 있었다. 나중에 들으니 선생님은 1960년대 중반 일본에서 건너왔을 때 한국말을 처음 배우셨다. 그러나 일본식 억양이나 말투는 전혀 없었고, 우리말을 참 고급스럽게 구사하신다는 느낌을 주었다.

그중에서도 강 선생님 하면 가장 먼저 떠오르는 말씀은 "따져보거라"이다. 강 선생님을 뵌 이후 '따져보기'는, 학교를 떠난 지 30년 가까이 되는 지금까지도 마치 강박처럼 따라다닌다. 물론 강박의 강도는 아주 많이 약해졌지만 말이다.

제대로 따져보지 않고, 잘 알지도 못하면서 아는 척 설렁설렁 넘어가는 것을 강 선생님은 혐오하셨다. 그런 모습이 보이면 "형편없다"는 평가를 내리셨다. "형편없다"는 그분이 내리는 최악의 평가로, 특히 선생님은 '형'을 강하고 길게 발음하셨다. 그 때문인지는 몰라도 선생님이 형편없다고 하시면 이루 말할 수 없이 한심하고 초라해 보였다.

금과옥조라 해야 할지, 강박이라고 해야 할지 모르겠으나 바로 그 '따져보기' 때문에 나는 직장에 나와서도 적잖게 괴로웠다. 아무리 주간지 기사라고 해도, 논문이 아닌 이상 자료를 선별해 빨리 보고 빨리 요리할 줄 알아야 했다. 나는 그것을 잘하지 못했다. 찾을 수 있는 자료는 모두 보아야 불안하지 않았다. 모르면 모를까, 있다는 것을 아는데 보지 않고 그냥 넘어갈 수는 없었다. 그 때문에 허구한 날 야근을 해야 했다. 남들은 '열심히 일한다'고 여겼겠으나 나에게는 이렇게 남모르는 괴로움이 있었다. 마감 직전 취재 자료를 정리하던 중에 중요한 관련 논문이 있다는 사실을 알고는 거의 미칠 지경이 된 적도 있었다. 이쯤 되면 일종의 강박이었다고 할 수 있는데, 몇 년이 지나서야 나는 거기에서 조금 벗어날 수 있었다.

학부에서 들었던 강 선생님의 첫번째 강의 텍스트는 보들레르 시집 『악의 꽃(Les Fleurs du mal)』이었다. 그 학기에는 「여행으로의 초대(L'invitation au voyage)」라는 시를 가지고 강의하신다고 했다. 그 말씀을 듣고 '시 한 편을 가지고 그 많은 시간을 어떻게 채우나' 싶었다. 그러나 시 한 편을 끝내기에는 한 학기로도 부족했다. 시 한 편이 되었든 한 줄이 되었든 강 선생님 수업 시간에는 텍스트의 진도를 나간다는 개념이 없었다.

첫번째 수업이 끝날 즈음 "질문이 있으면 해보거라"라고 말씀하셨다. 친구 김훤주가 손을 번쩍 들었다. 의외였다. 그즈음 훤주는 뒤늦게 뛰어든 학생운동에 열중하느라 수업 시간에 거의 들어오지 않았다. 어쩐 일인지 그 시간에는 들어와 질문까지 했다.

"지금 이 시를 보니까, 각 연의 단어들이 모두 단수로 끝나는 데 왜 하나만 복수로 끝나는 겁니까?"

선생님은 휜주를 잠시 물끄러미 바라보더니 말씀하셨다. "어, 그거 좋은 질문이다. 네가 다음 시간까지 알아 오도록 해라." 휜주는 이렇게 강 선생님한테 칭찬만 받아먹고는 다음 시간부터 강의실에 나타나지 않았다.

학생들이 발표할 때 가장 중요한 것은 역시 '따져보기'였다. 선생님은 "공부는 따지는 것이다"라고 말씀하시는 것 같았다. 발표할 때는 할 수 있는 한 이것저것 다 찾아보면서 집요하게 따져봐야 했다. '여행으로의 초대'라는 시 제목의 번역은 적합한가, 그 이유는 무엇인가, 이 시어는 우리말로 어떻게 옮기면 좋을까, 또 그 이유는? Baudelaire를 우리말로 적을 때 보들레르, 보들레에르, 보오들레르 가운데 무엇이 가장 적합한가, 그 이유는 무엇인가?

시 한 편을 놓고도 따져볼 거리는 무궁무진했다. 특정 단어 하나의 여러 뜻을 찾아 용례와 더불어 한 시간 내내 발표하기도 했다. 잘 따지려면 사전을 찾을 줄 알아야 했다. 사전도 하나짜리로는 부족해서 과 연구실에 비치된 열 권이 넘어가는 것을 찾아봐야 했다. 그렇게 큰 사전이 있다는 사실을 처음 알고 놀라워하기도 했다.

강 선생님은 군대를 다녀온 복학생들을 퍽 좋아하셨다. 그 때문만은 아니겠지만 선생님 강의를 듣는 복학생들이 우리 동기생보다 많았다. 선배들은 강의실 맨 앞자리에 앉아서 열심히 공부했다. 선배들은 학교 바깥 경험을 하고 와서 그런지, 원래 말들이 많았는지 몰라도 우리보다 강 선생님께 말을 훨씬 많이 했다. 선생님은 과 공식 행사에는 나오지 않았으나 작은 모임에서 제자들과 자주 어울리셨다. 학부에서도 개강과 종강을 할 때면 수강생들과 저녁 모임을 가졌는데, 그 자리는 주로 복학생들이 주도해 만들었다. 아무리 사소한 이야기를 해도 선생님이 "어, 그랬니?" 하면서 잘 들어주셨다. 학부에서 선생님과 이런 자리를 자주 갖는 것은 다른 과에서는 흔치 않은 일이었다.

강 선생님 학부 강의는 대학원처럼 시험이 없었다. 학부 때는 한 학기에 두 번쯤 리포트를 제출했던 것 같다. 강 선생님 강의를 2년 동안 줄곧 들으면서 리포트와 관련해 기억나는 일이 두 가지 있다.

첫번째는 분량. 리포트를 처음 낼 때 나는 원고지 10.2매를 썼다. 정해주신 분량은 10매였다. 두 줄이 넘쳤을 뿐인데, 성적이 A에서 B$^+$로 한 단계 깎였다. 그다음부터는 나는 어떻게 해서든 양을 정확하게 맞추었다. 조금 모자라면, 중언부언을 해서라도 10쪽의 마지막 줄까지 채워 넣었다. 그것은 대학원 시절에도 계속되었다. 직장에 나와서 그렇게 훈련한 덕을 많이 보았다. 내가 일한 잡지에서는, 미술부 기자가 디자인하고 기사 분량을 취재기자에게 정해주었다. 그것을 맞추느라 어려움을 겪는 동료들이 적지 않았으나, 나는 분량 맞추기에 관해선 이미 준비된 기자였다. 그 때문에 편집부의 사랑을 많이 받았다.

강 선생님 리포트와 관련한 두번째 기억. 어느 날 수업이 끝날 무렵 선생님은 학생 두 명을 부르더니 연구실로 오라고 하셨다. 두 명은 그전 해인가에 다른 선배가 제출했던 리포트를 함께 베꼈다고 했다. 그 이야기를 전해 듣고 나는 강 선생님이 '귀신같다'고 생각했다.

그렇게 생각한 사람이 나만은 아니었던 것 같다. 대학원 선배에게 들은 이야기가 있다. 고대의 어느 동료 교수가 책을 펴내기 전에 강 선생님께 먼저 보여드렸다. 그 교수는 강 선생님의 촌평에 대해 이렇게 이야기했다고 한다. "내가 확실하게 이해하지 못해 살짝 그냥 넘어간 부분을 강 선생은 귀신같이 짚어내더라."

강 선생님은 '따져보기' 말고도 공부와 관련한 사소한 것들을 시시콜콜하게 알려주셨다. 카드 만드는 방법은 당신 카드를 직접 보여주며 가르치셨다. 가장 기억에 남는 것은 종이봉투를 이용해 자료를 정리하는 방법. 복사한 자료를 분류해 각각의 봉투에 넣되, 그 제목을 봉투의 접는 부분에 적으면 찾기 쉽다고 일러주셨다. 이후 나는 자료를 줄곧 그렇게 정리해왔다.

선생님은 표정 변화가 거의 없고 음성을 높이시는 법이 없었다. 겉으로는 엄하고 딱딱하고 권위적으로 보여도 농담도 잘하고 재미있는 상황을 곧잘 만들어내셨다. 수업 시간에 보들레르의 연인이었던 잔느 뒤발에 대한 이야기가 나오자 어느 복학생이 "흑백 혼혈이라 육덕이 좋았겠죠"라고 말했다. "와!" 하고 웃음이 터졌다. 선생님도 함께 웃으면서 그 선배에게 바로 과제를 내주셨다. "다음 시간에는 네가 '육덕'에 대해 조사하고 발표하도록 해라." 그 선배가 우리 소설에서 육덕의 용례까지 찾을 정도로 준비를 충실하게 해오는 바람에, 프랑스 시 수업이 졸지에 국문과 수업처럼 변한 적도 있다. 그 수업은 30년이 지난 후에도 이렇게 기억에 남을 만큼 재미있었다.

지금 들으면 웃을 일이지만 1980년대 초중반에 여학생들이 치마 차림에 화장하고 다니는 것은 거의 금기에 속하는 일이었다. 우리 과에 그런 후배가 두어 명 있었다. 강 선생님은 강의를 시작하면서 그 여학생들을 가끔 호명했다. 고개를 푹 숙이고 대답하면 선생님은 웃으며 한 말씀만 하셨다. "어, 그래. 왔니?"

겉으로 엄격하거나 권위적으로 보이는 어른들이 대하기에 의외로 편한 경우가 많다. 아랫사람으로서 예만 분명하게 갖추면 가장 편하게 대할 수 있는 어른들이 바로 그런 분들이다. 늘 한결같으시기 때문이다. 내게는 강 선생님이 그랬다. 강 선생님의 제자 가운데 한 분인 황현산 선생님은 "스승은 매사에 합리적이었다"고 말했다. 합리적이고 늘 한결같으시니 제자로서 어렵게 대할 분이 아니었다는 것이다.

강 선생님은 일본에서 나고 자랐다. 일본 도쿄대 대학원 출신으로, 일본에서 교수 생활을 하기 위해 한국에 국적을 정리하러 들어왔다가 1966년 고대 교수로 발탁되었다. 도쿄대 대학원 선배인 고대 영문과 여석기 교수가 그분을 붙잡아 앉혔다고 했다. 고대 불문과는 1963년에 개설되었다. 강 선생님은 한국어를 그

때부터 배우기 시작했다. "한동안 도시락을 싸 들고 극장에 다니며 한국 영화를 하루 종일 보셨다"는 전설 같은 이야기가 선배들한테서 흘러나왔다.

65학번으로서 부임 초기의 스승을 만났던 황현산 선생님은 "(강 선생님은) 한국에 10년쯤 살고 난 후 한국어를 능숙하게 사용하고, 가장 고급한 한국어로 글을 쓸 수 있게 되었다"고 전했다. 일본에서 나서 자란 재일교포나 나이 들어 한국에 건너온 일본 사람들은, 우리말을 아무리 유창하게 구사해도 끝내 지우지 못하는 독특한 억양을 공통으로 지니고 있다. 나는 예외적인 경우를 한 번 보았는데, 바로 강 선생님이었다. 선생님은 개성 있는 말투를 지녔으되 거기에서 일본 태생 사람들 특유의 억양이 묻어난다는 느낌은 단 한 번도 받지 못했다. 선생님의 한국어 구사는 억양까지도 완벽했다.

"(강 선생님은) 일기는 여전히 일본어로 썼다. 당신이 타계한 후 장서를 정리하다 발견한 길고 짧은 메모들도 모두 일본어였다." 나는 황 선생님의 칼럼에서 이 내용을 보고 처음에는 조금 놀랐으나 곧바로 수긍할 수 있었다. 일본어를 가장 편한 언어로 사용했음에도, 당신의 한국어에서 일본식 억양이 조금도 묻어나지 않게 할 수 있었던 것은 다름 아닌 강 선생님이기 때문에 가능한 일이었다. 그분의 '절차탁마의 수행력'을 감안한다면 어렵지 않게 이해할 수 있는 일이다.

졸업여행과 사은회 등으로 다른 선생님들과 함께 찍은 사진은 더러
있는데, 강성욱 선생님과 찍은 사진은 없다. 선생님은 사진을 찍을 만한
학과 공식 행사에는 아예 나오지 않으셨다. 이 사진은 졸업 앨범에 실려
있던 것이다.

책 구하기, 사전 찾기 등
공부하는 방법을 시시콜콜

구체적으로 배우다

선생님은 1960년대 후반 문학 독서 서클인 호박회의 지도 교수를 7년 넘게 맡아서 나이 차이가 얼마 나지 않는 제자들과 자주 어울리셨다. "강 선생님이 운이 좋았지. 똑똑한 제자들을 많이 만나셨으니까." 황 선생님이 웃으면서 전해준 이야기이다. 그 똑똑한 제자 중에는 황현산 교수 말고도 국문과 김인환 교수가 있었다.

우리가 강 선생님을 처음 뵈었던 1980년대 중반은 반정부 시위로 대학가가 몸살을 앓던 시절이었다. 교수 사회도 평안할 리 없었다. 1985년 전두환 정권 시절 교수들의 시국 선언이 고대에서 처음 나왔고, 1987년에는 4·13 호헌조처에 반대하는 교수들의 시국 선언문이 또 고대에서 처음 채택되었다. 학생들은 내용 못지않게 우리 과에서는 어떤 분이 참여했느냐에 관심이 많았다. 겉보기에는 보수적이고 세상사와 담을 쌓은 채 공부만 하실 것 같았던 강 선생님은 두 번에 걸쳐 모두 서명하셨다.

어지러운 정국으로 인해 학내에서는 날이면 날마다 시위가 벌어졌다. 학내의 어지러운 상황 때문에 학부생들이 전반적으로 학과 공부를 소홀히 하던 때였다. 1984년 겨울 방학이 시작될 무렵 대학원생 선배가 학부 후배들을 몇몇 불러모았다. 우리 과에 '문학반'을 만드는데 여기서 함께 공부하자고 했다. 3학년 2학기를 마치고 대학원 진학을 준비하던 나에게는 반가운 소식이었다.

선배는 못을 박듯이 말했다. "문학반은 대학원 준비반이 아니다. 우리끼리 공부를 제대로 해보자는 거다." 나중에 들으니 문학반뿐만 아니라 어학반도 강 선생님의 지시로 만들어졌다. 대학원 선배들이 이끄는 문학반과 어학반은, 서클도 학회도 아닌 묘한 공부 모임이었다. 어디에 소속되어 있는 것도 아니었다. 뛰어난 대학원 선배가 그 공부 모임을 이끌어주는 바람에, 나는 문학반에서 많이 배웠다. 대학원 선배가 학부생 공부 모임을 이끈다는 것이 퍽 인상적이었다. 우리의 첫번째 교재는 바칼로레아 (프랑스 대학입학 자격시험) 모범답안이었다.

대학원에 진학해서는 내가 선배가 되어 학부생들과 함께 1년쯤 공부했는데, 강 선생님은 "잘하고 있니?" 하고 가끔씩 물으셨다. 때로는 문학반에서 공부하는 우리와 술자리를 함께하셨다. 문학반이 오랫동안 잘 유지되었던 것은 강 선생님의 관심과 칭찬 때문이었다.

1980년대 중후반 문학반에서 함께 공부한 이들 가운데 대학원에 진학해 박사학위까지 받은 선후배들은 모두 교수로 자리를 잡았다. 그들이 박사학위를 받았던 1990년대 후반은 인문학의 위기와 박사 실업 문제가 대학 사회의 큰 이슈로 떠올랐을 때였다. 그런 악조건 속에서도 자리를 잡았다는 것은 신기하고도 신통한 일이었다.

대학원 선배들은 대학원에 진학할 생각을 하고 있다면 먼저 강 선생님께 말씀드리라고 조언했다. 4학년 1학기에 선생님 연구실로 찾아갔다. 대학 입학 면접 시험을 치렀던 바로 그 방이었다. 나는 선생님이 대학 입학 면접 때와 마찬가지로 "불문과 대학원에는 왜 오려고 하니?"라고 물어보실 줄 알았다. 그러나 질문은 뜻밖이었다. "집에서 뒷바라지는 해줄 수 있니?"

그해 11월 30일 대학원 입학시험을 치르고 그다음 날 면접을 했다. 강 선생님 질문은 또 예상 밖이었다. "영어 시험은 잘 봤니?" 고대 대학원 영어 시험은 구질구질(어렵다기보다는)하기로 악명이 높았다. 영어 시험 커트라인을 넘지 못하면 전공 시험을 아무리 잘 봐도 미끄러졌다.

대학 3, 4학년 때 강 선생님 강의를 거의 다 들었으니, 나는 그분에 대해 많이 안다고 여겼더랬다. 그런데 대학원에 들어가 보니 내가 모르던 세상이 있었다. 대학원 생활의 첫 행사는 정초의 세배였다. 대학원생들은 아침에 강남터미널 앞에 모여서 강 선생님 댁을 시작으로 이틀에 걸쳐 선생님 네 분 댁을 찾아다녔다. 세배 모임은 스승과 제자, 선배와 후배의 유대를 만들고 다지는 대학원 신년 행사였다.

그 자리에는 다른 대학에서 가르치는 선배들과 프랑스 유학 중에 잠시 들어온 선배들이 나타나기도 했다. 대학원 신입생인 우리는 평소 말로만 듣던 선배들을 그곳에서 만나 인사했다. 세배를 하러 갔으나 절을 한 기억은 없다. 사모님께서 수십 명의 제자에게 떡국과 설 음식을 내주셨다. 아침부터 술이 돌았다. 강선생님의 새해 덕담은 당연히 공부에 관한 내용이었다. 선생님은 대학원 신입생들에게 "그래, 어떤 계획을 가지고 있는지 말해보거라"라고 하셨다. 나는 너무 긴장한 나머지 엉뚱한 소리를 하고 말았다.

오전 세배 모임이 다소 긴장된 분위기였다면, 저녁은 그 반대였다. 선생님들 댁에서 먹고 마시며 이야기하고 노래까지 하며 놀았다. 자정이 넘어서도 집에 갈 생각들을 하지 않았다.

돌이켜 생각하면 세배 모임에 참석한 이들은 고대에서 불문학·불어학을 전문적으로 연구하는 프로페셔널 집단이었다. 강선생님 댁에서 시작하는 세배 모임은, 선생님들께 새해 인사를 드리는 자리이기도 하지만 그 집단 구성원들끼리 서로 얼굴을 익히고 결속을 다진다는 의미가 더 큰 것 같았다. 나는 60~70년대 학번 선배들을 그 자리에서 처음 만나서 인사했다.

강 선생님은 세배 모임뿐 아니라 공부하는 집단 구성원들이 서로를 잘 알고 배려할 수 있도록 여러 가지 일을 만들고 시키셨다. 선생님이나 선배가 상을 당하면 대학원생들은 일반 문상객 이상의 역할을 했다. 선생님이나 높은 선배가 이사를 하면, 석사 과정 대학원생들이 가서 거들었다.

그것은 대학원생을 부려먹는 일이 아니었다. 나는 선생님 두 분, 선배 한 분의 이사를 도운 적이 있다. 우리는 서재의 책을 박스에 싸고, 풀어서 정리하는 일을 주로 했다. 강 선생님은 바로 그 일을 하면서 책을 살펴보라고 하셨다. 나는 선생님들이 유학생 시절에 줄을 쳐가며 보았던 책과 오래된 사진들을 많이 구경했다. 내가 필요로 하는 책이 보이면 나중에 빌려주십사 부탁을 하기도 했다.

프랑스 유학 중에 잠시 귀국한 제자가 인사를 오면 강 선생님은 그동안 공부한 것을 발표할 자리를 일부러 만드셨다. 강의실을 빌려 진행된 그 자리에는 우리 과 선생님들이 오셨다. 강 선생님은 늘 맨 앞자리에 앉아 지켜보셨다. 대학원생은 반드시 참석해야 했고, 학부생들도 더러 와서 들었다. 우리 불문과에서만 볼 수 있었던 특별한 학술 모임이었다.

우리는 어떤 선배가 어디에서 유학하는지, 어떤 공부를 하고 있는지 훤히 알고 있었다. 강 선생님이 선배들에 대해 자주 말씀하셨기 때문이다. 유학 공부 중인 선생님 제자들은 프랑스 중세 문학 등 남들이 잘 하지 않는 전공을 선택했다. 강 선생님은 제자들이 "가장 어려운 길을 일부러 찾아서 간다"고 자랑하셨으나, 그 길을 일부러 찾아가게 한 분이 바로 강 선생님이라는 사실을 우리는 잘 알고 있었다.

대학원에 들어가면 각자 자기 전공 작가를 정해야 했다. 나는 앙드레 지드로 결정하고 김화영 선생님 지도 학생이 되었다. 선배들은 강 선생님을 뵙고 내가 결정한 바를 말씀드리라고 했다. 선생님을 찾아갔더니 "어, 그랬니? 김 선생이 이미 말했겠지만"이라면서 앙드레 지드에 관한 서지부터 작성하고 국내에 있는 앙드레 지드에 관한 책을 찾아보라고 하셨다.

당시만 해도 불어 원서 구하기가 대단히 어려웠다. 강 선생님은 파리에 있는 서점 두 곳에서 오랜 세월 책을 주문해오셨다. "○○○ 영감(서점 주인을 이렇게 부르셨다)이 책을 아주 잘 찾아"하고 흡족해하시는 것을 여러 번 본 적이 있다. 책을 주문하실 때가 되면 선생님 연구실 조교가 대학원생들에게도 주문 목록을 받았다. 선생님의 '신용'을 우리가 활용하도록 배려한 것이다. 주문한 책이 도착하면 연구실 조교가 책값을 한꺼번에 모아서 보냈다. 가장 좋은 조건으로 책을 구하는 방법이었으나, 그마저도 몇 달씩 걸리는 바람에 주문한 책만 기다릴 수는 없었다. 게다가 주문한 책 가운데 절판되었다는 것도 적지 않았다.

"국내에 있는 책을 찾아보라"는 말씀을 듣고 다른 대학 도서관을 뒤지기 시작했다. 다른 학교에 다니는 친구나 동생, 친척, 성당 후배들에게 'Gide, Andre'에 관한 목록을 적어달라고 부탁했다. 서울대, 연대, 이대, 서강대, 성균관대 등 불문과가 설치된

지 오래된 학교에는 좋은 책들이 의외로 많았다. 교수들이 신중하게 선택해 주문한 책들이었다. 마치 보물을 찾는 기분이었다. 국내에 있는 '앙드레 지드 서지 목록'을 만든 다음, 책을 빌리기 시작했다. 빌린 책은 복사하고 돌려주었다.

강 선생님은 다른 대학이 보유한 진짜 '보물'에 대해서도 많이 알고 계셨다. 어떤 선배가 "강 선생이 알려주셨다"면서 서울대 도서관에서 빌려온 책을 보여주었다. 19세기 후반 파리에서 출판된 18세기 작가의 책이었다. 책에는 '경성제국대학 도서관'이라는 인장이 찍혀 있었다. 강 선생님이 경성제대 교수 출신의 일본인 학자에게 그 책에 대해 들으신 것이 아닐까 하고 우리는 짐작했다.

선생님은 대학원생들이 우리 대학 도서관을 적절하게 활용할 수 있도록 배려해주시기도 했다. 교수는 고대 중앙도서관 폐가식 서고에 들어갈 수 있었다. 강 선생님이 그곳에 가시는 날이면 연구실 조교가 연락을 해왔다. 우리는 선생님을 따라 그곳에 들어가 책들을 구경했다. 책장을 넘기며 책을 살피는 것은, 목록으로만 보는 것과는 많이 달랐다.

선생님은 도서관 사서로 일한 적 있는 선배가 대학원에 들어와 조교를 맡게 되자 특명을 내리셨다. 고대 도서관에 있는 불어불문학 관련 책을 모두 조사하고 서지 목록을 작성하라는 내용이었다. 선배는 학부생들의 도움을 받아, 몇 개월 동안 작업에 매달려 『고려대학교 중앙도서관 불어불문학 관련 서지 목록』이라는 책자를 만들어냈다. 그 목록 덕분에 우리는 도서관에 무슨 책이 있는지 쉽게 알 수 있었다. 인터넷으로 검색할 수 없던 시절에 나온 획기적인 서지 목록이었다. 2년 후 내가 교양불어실 조교를 할 때, 강 선생님은 증보판을 만들라고 지시하셨다. 그사이에 주문해 들어온 책도 많았다.

사서 경험을 활용하신 것에서도 알 수 있듯이 강 선생님은 대학원생 제자들의 '특기'를 파악하고 자주 '활용'하셨다. 어느 선배는 영어를 특별하게 잘한다고 알려져 있었다. 대학원 수업 시간에 선생님은 영어로 된 비평문을 소개한 뒤 그 선배에게 그것을 읽고 발표하라고 하셨다. 스웨덴보리의 신비주의에 관한 어려운 내용이었다. 내가 듣기에도, 그 선배가 번역과 발표를 쉽게 잘했다. "강 선생님께 칭찬받았다"며 선배는 어린아이처럼 좋아했다.

강 선생님은 자료와 사전 찾는 방법, 텍스트를 읽는 방법 같은 연구자로서 갖춰야 할 기본기를 대학원생 모두가 자연스럽게 익히도록 해주셨다. '선수'로서 몸 만들기 같은 것이었다. 학부 때 들은 것은 맛보기였다.

강 선생님이 강조하신 것 중의 하나는 사전이었다. 우리가 보아야 하는 것들은 『그랑 로베르』『그랑 라루스』『리트레』『트레조르』 등 한 질이 열 권이 넘는 대형 사전들이었다. 대학원 수업 시간에 "○○사전은 보았니?"라는 질문을 받게 마련이어서 하나하나 찾지 않을 수 없었다.

당시에 이런 사전들은 말로만 들었을 뿐 구경하기도 어려웠다. 과 연구실이나 도서관에 한 질이 있을까 말까 할 정도였다. 비싼 가격 때문에 살 엄두도 내지 못했다. 강 선생님은 당시 한 질에 천만 원 가까이 하는 사전들을 거침없이 주문하셨다. 게다가 우리가 그것을 보유할 수 있도록 배려해주셨다. 저작권 협약이 맺어지지 않았을 때였으니 가능한 일이었다. 선생님이 내놓으신 사전들을 복사 전문업체가 한 장 한 장 뜯어 복사, 제본했다. 우리는 선생님 덕분에 구경도 못하던 귀한 사전들을 개인적으로 구비할 수 있었다. 그 혜택은 전국 대학의 불어불문학 연구자 모두가 누렸다. 원본이 어디에서 나왔는지 그들은 몰랐을 것이다.

여러 종의 대형 사전에다, 문학 사전, 문법 사전, 동의어 사전에 백과사전까지 갖추고 나니, 내 방의 한 면이 사전으로만 가득 채워졌다. 큰 사전 한 질 가격이 복사본인데도 20~30만 원씩 했으니 그 비용을 마련하는 일도 만만치 않았다. 그래도 원본에 비하면 터무니없이 싼 가격이어서 모두 좋아했다. 나는 직장 생활을 한 지 5년쯤 지나 학교로 돌아갈 수 없다는 생각이 들 즈음 그 사전들을 대학원 후배들에게 모두 주었다. 강 선생님을 생각하면 그래야 할 것 같았다.

선생님이 학교에 나오시는 날은 월·수·금요일이었고, 대학원 강의 시간은 언제나 금요일 오후 4시로 정해져 있었다. 선생님의 대학원 수업에서 수강 신청은 별 의미가 없었다. 대학원생은 수

강 신청을 하든 말든 그 수업에 거의 다 들어왔다.

강의에 들어오는 학생들의 성분이 다양했다. 1) 강의를 정식으로 신청한 석·박사 과정 대학원생, 2) 석·박사 과정에 있으나 강의는 신청하지 않은 불어학 전공자, 3) 대학원 수료는 했으나 논문을 쓰지 않은 강 선생님 지도 학생, 4) 강 선생님을 뵈러 온 제자들(다른 대학에서 가르치는 교수나 고대 강사), 5) 청강하러 들어오는 다른 과 대학원생, 6) 강 선생님 뵈러 와서 강의도 듣고 술자리에도 참석하는 다른 과 교수.

보통의 대학원 수업이라면 1)로만 이루어지거나 3)이 가끔 추가된다. 그러나 강 선생님 수업만은 1)~6)이 두루 섞였다. 조합은 늘 달랐다. 1)만 있을 때도 있었고, 1)~6) 전부 들어온 적도 있었다. 1)의 경우 많아야 7~8명이었다. 그러나 선생님의 수업에는 평소 15명 정도가 참석했고, 때로는 연구실이 비좁을 정도로 사람이 많았다.

대학원 석사 과정 재학 중에 강 선생님 수업 시간에 배운 시는 『악의 꽃』에 수록된 「조응(Correspondance)」 한 편뿐이었다. 학부 때와 마찬가지로 텍스트의 진도를 나가는 것은 의미가 없었다. 논의는 끝없이 확장되고 깊어졌다. 신비주의나 프랑마소너리(프리메이슨)에 관한 이야기가 몇 주에 걸쳐 진행되는가 하면, 시어 의미 파악 및 형식 문제 등에 관한 논의가 끊임없이 이어졌다.

발표자가 준비해온 복사 자료를 돌리면 강 선생님은 말씀하셨다. "모처럼 우제가 발표하게 되었구나. 시작해보거라." 정적 중에 '촥' 하고 종이 넘기는 소리가 났다. 그때의 긴장감은 이루 말로 표현할 수가 없다.

수업은 발표와 질의응답, 선생님 총평으로 끝났다. 발표가 부실하면 다음 시간까지 이것저것 알아오라고 이르셨다. 나는 그것을 야단치시는 것으로 받아들였다. 선생님은 언제나 특유의 낮은 목소리로 천천히 말씀하셨다. 바로 그 낮게 가라앉은 목소리가 우리를 더 긴장하게 했다. 선생님은 수업 시간에 담배를 피우기도 했고, 검은색 돋보기안경을 벗고 손바닥으로 얼굴을 쓸어내리시곤 했다.

강 선생님 강의는 해당 텍스트에 관한 수업이라기보다는 연구 방법론에 관한 것이었다. 이런 훈련을 받은 탓인지, 덕인지는 몰라도 불문과 대학원 문학 전공자들 가운데 4학기 만에 석사 논문을 써서 졸업한 사람이 거의 없었다. 박사 논문도 마찬가지였다.

우리 과의 석사 논문 심사는 다른 곳에 비해 많이 엄격했던 것 같다. 지도 교수의 '지도'는 물론 심사위원의 '심사'도 통과하기가 쉽지만은 않았다. 심사위원 교수가 문제점을 지적해 논문이 반려되는 경우도 보았다. 지도 교수는 문제되는 부분을 고쳐서 다음 학기에 다시 제출하자고 했으나, 그 선배는 "힘들어서 더이상은 못하겠다"며 돌아오지 않았다.

내가 석사 논문을 제출하자 심사위원 중의 한 분인 강 선생님께서 부르셨다. 선생님을 뵙고 나는 많이 놀랐다.

"우제 덕분에 30년 만에 지드를 읽었구나."

처음엔 내 논문 텍스트인『사전꾼들(Les Faux-Monnayeurs)』을 읽었다는 말씀으로 알아들었다. 그러나 그것이 아니었다. 앙드레 지드 전집을 모두 보셨다는 말씀이었다. 강 선생님은, 석사 논문 한 편을 '지도'도 아닌 '심사'를 하려고 해당 작가의 전집을 찾아 읽는 그런 분이셨다. 다행스럽게도 선생님은 표현 몇 개만 잡아주셨을 뿐 별다른 지적을 하지 않으셨다. 대신 "앞으로 어떻게 할 예정이냐?"고 물어보셨다. 유학을 생각하고 있다고 했더니, 또 놀라운 말씀을 하셨다. "유학을 가더라도 고대 박사 과정에서 한 학기라도 하고 가거라. 그래야 나중에 임용될 때 유리하다." 강 선생님이 이런 말씀까지 하실 줄은 몰랐다.

당시 우리나라에서 나오는 논문을 보면 불어로만 인용문을 적는 경우가 많았다. 논문에서든 리포트에서든 강 선생님은 그렇게 하는 것을 금했다. 원문을 적고 그 아래에 우리말로 번역해야 했다. 우리나라에서 한글로 쓰는 논문이었기 때문에 그랬을 것이다. 번역은 텍스트를 제대로 이해했는가를 알게 하는 바로미터가 되기도 한다.

당시 각 대학 불문과에서는 연극 공연을 많이 했었다. 불문과에서 만드는 연극이니 불어로 공연하는 것은 당연하다고 여기는 분위기였다. 그러나 강 선생님의 생각은 달랐다. 우리 과에서는 반드시 번역극을 해야 했다. 내가 학부를 졸업할 무렵 공연을 한번 했었는데 대학원 석사 과정 전공자가 사르트르 작품을 번역했고, 그의 영문과 친구가 연출을 맡았다.

원어 연극은 연극을 만드는 당사자들만의 잔치로 끝날 가능성이 크다. 청중과의 교감은 당연히 떨어질 수밖에 없다. 배우가 무슨 소리를 하는지 알아듣는 관객은 소수에 불과하다. 게다가 우리 식의 해석이 끼어들 여지가 별로 없으니, 공연하는 의미가 반감되게 마련이다. 제대로 따져보면서 공연하려면 번역극을 해야 했다. 연극이 끝나자 강 선생님은 칭찬을 많이 하셨다. 이례적인 일이었다.

학부나 대학원 수업에서 단어 하나를 가지고 끊임없이 따져 드는 것의 최종 목표는 명확한 이해를 통한 우리말 번역이었을 것이다. 중요한 용어의 우리말 번역어에는 많은 의미가 담기게 마련이다. 강 선생님은 제대로 따져보지도 않은 채 일본어 번역을 그대로 가져다 사용하는 행태에 대해 못마땅해하셨다. 낭만주의라는 용어가 대표적인 경우이다. '낭만'은 문학 용어로서뿐만 아니라 일반적으로도 널리 사용되는 터여서, 거기에 이의를 제기하는 사람은 지금도 별로 없을 것이다.

강 선생님은 일본 사람들이 'Romantisme'을 낭만(浪漫)주의로 번역한 분명한 이유가 있다고 하셨다. 일본어 고유의 발음과 연관 지어 설명하셨던 것 같다. "일본어와 우리말이 다른 만큼 우리가 낭만주의라고 부르기에는 무리가 있다. 낭만주의를 수용한다 하더라도 그 용어의 어원이 무엇인지 알고 나서 쓰자." 강 선생님은 낭만주의 대신 '로망주의'로 하자고 제안하셨고, 우리는 그대로 따랐다. 이 때문에 우스갯소리도 생겨났다. 우리 과 선생님들이 대학원 입학시험을 채점할 때 이름을 볼 수 없는데도 고대 출신들을 쉽게 알아보신다고 했다. 고대 불문과 학생들만 로망주의라고 쓰기 때문이다.

강 선생님이 'Discours'를 번역한 '담론' '담화'라는 용어를 거론하신 것도 기억난다. "이야기라는 쉬운 우리말을 놔두고 왜 굳이 일본 사람들의 어려운 번역어를 따라 하는지 이해할 수 없다." 이밖에도 도미니크 랭세가 지은『프랑스 19세기 문학』『프랑스 19세기 시』번역서를 황현산 선생님과 함께 내면서 흔히 '반항'이라고 옮기던 용어를 '이의 제기'로 번역한 것도 인상적이었다. '반항'과 '이의 제기'는 의미 자체가 다르다.

대학에서 선생님들을 처음 만나면 대개 '교수님'이라고 부르게 마련이다. 강 선생님을 비롯한 우리 과 선생님들은 "선생님이라는 좋은 호칭 놔두고 왜 굳이 교수님이라고 하니?"라고 말씀하셨다. 따지고 보면 '교수님'은 어법에 맞지 않는다. 고등학교 때까지 선생님을 '교사님'이라고 부른 적은 없었다.

집에 가서
샤워하고

책 보다가 자거라

　　　　강 선생님을 기억하면서 술자리 이야기를 빼놓을 수 없다. 선생님은 술을 퍽 즐기셨다. 대학원에 진학해보니, 금요일 강 선생님 대학원 수업은 반드시 술자리로 이어졌다. 학교에서 다소 떨어진 이문동 외대 앞, 종암동, 신설동 등에 자주 가는 식당이 있었다. 선생님을 만나러 오는 제자들이나 다른 대학 교수들은 그 술자리에서 주로 선생님과 말씀을 나누었다.

　강 선생님과 함께하는 술자리는 수업의 연장이나 다름없었다. 이야기의 중심은 늘 공부였다. 불문과에서 벌어지는 많은 일이 논의되는 자리이기도 했으나 모든 이야기는 결국 공부로 모아졌다. "우제는 요즘 무슨 책을 보고 있니?"하고 갑작스럽게 물어보시는 경우가 많아서 늘 답을 준비하고 있어야 했다.

　선생님이 주도하신 주도는 독특했다. 첫번째 자리의 술 종류는 언제나 소주였다. 선생님은 아무리 좋은 안주가 있어도 손을 대지 않으셨다. 당신 잔에 술을 받고는 그것을 비우고 다른 사람에게 반드시 주셨다. 그 잔을 받은 사람은, 자기 잔을 비운 다음 선생님께 되돌려드렸다. 참석자 대부분에게 그렇게 잔을 주셨고, 다른 사람들도 따라서 했다.

나처럼 술을 못 먹는 사람에게 그런 술잔 돌리기 문화는 고역이었다. 선생님과 선배들이 잘 들지 않는 안주를 나 혼자 먹을 수는 없었다. 빈속으로 견뎌내기 어려웠으나 그래도 술잔은 받고 되돌려줘야 했다. 그렇게 하지 않으면 낙오라도 되는 줄 알고 기를 쓰고 마셨다.

제자들은 취해도 강 선생님은 끝까지 똑같은 자세를 유지하셨다. 취한 모습을 한 번도 뵌 적이 없다. 술 먹고 주정하는 제자들이 1년에 한두 명 등장했으나 선생님은 너그러우셨다. 그러나 아무리 취해도 그분께 직접 '꼬장'을 부리지는 못했다.

어디에서도 강 선생님이 목소리 높이시는 것을 본 적이 없다. 그러나 딱 한 번 크게 역정을 내신 적이 있는데, 바로 술자리에서였다. 불문과 연극이 끝나고 처음 갖는 대학원 술자리에서였을 것이다. 1986년 봄 불문과 대학원 개강 모임으로 불문과 교수와 대학원생 들이 모두 모인 자리였다. 연극에 대한 칭찬이 오가던 중에 선생님 한 분이 이렇게 말씀하셨다.

"나는 그 연극이 어렵더라. 무슨 말을 하는지 모르겠더군."

그 말이 끝나기가 무섭게 대본을 번역한 석사 과정 선배가 되

받아쳤다.

"선생님, 그건 말이죠, 선생님이 무식해서 그런 겁니다."

선배들한테는 건방지고 후배들하고는 잘 놀던 선배였다. 모두가 아연실색. 냉기가 돌았다. 아무도 입을 열지 않았다. 그러기를 1분여. 가장 높은 어른인 강 선생님께서 역정을 내셨다. 그 선배를 혼내는 대신 그 선배의 선배들을 혼내셨다.

"너희들은 선배라는 자들이 도대체 무엇하고 있는 거니? 저 형편없는 녀석 버릇 좀 가르치지 않고."

그 이후 분위기는 어떻게 흘러갔는지 모르겠다. 아무 일 없었다는 듯 술자리가 진행되었을 것이다. 강 선생님이 그 선배를 야단치신 것이 아니라 '보호'한다는 느낌이 들었다.

강 선생님의 술자리에는 다른 과 교수들이 가끔씩 찾아왔다. 대부분 금요일 대학원 수업 이후의 술자리에 합류했으나 가끔 우리 수업을 같이 듣는 분도 있었다. 가장 자주 본 분은 국문과 김인환 교수였다. 김인환 교수 강의를 학부 때 많이 들었던 터라, 그분은 내게 선생님이었다. 그런 분이 강 선생님 앞에서 제자로 돌변하는 것이 재미있었다. 강 선생님은 우리 앞에서도 "인환아" "현산아"라고 부르셨다. 그분들 역시 술자리에서도 강 선생님과 공부와 관련된 이야기를 주로 나누었다. 점잖은 선생님이 제자가 되어 강 선생님께 하는 이야기도 재미있었다. "선생님, ○○과의 ○○○가요, 교수 휴게실에 와서 자기는 학생들 가르치는 것보다는 연구가 훨씬 더 중요하다고 하더라고요. 저는 그게 말이 안 된다고 생각해요……"

우리 과에서는 선생님들과 술자리를 함께하면 늘 '꼬띠자시옹'(더치페이)을 했다. 술자리 비용은 교수든 학생이든 관계없이 사람 숫자대로 정확하게 나누어 냈다. 학부생들과의 술자리도 예외는 아니었다. 강 선생님이 꼬띠자시옹을 특히 강조하셨다. 이렇게 해야 술자리를 계속 유지해갈 수 있다는 말씀이었다. 그러나 바로 이어지는 두번째 자리의 비용은 모두 선생님이 치르셨다. 이 또한 예외는 없었다. 강 선생님이 그렇게 하시니, 다른 선생님들과의 자리도 자연스럽게 그렇게 되었다.

첫번째 술자리는 소주병이 사람 숫자를 넘을 때쯤 끝났고, 두번째 자리에서는 간단하게 맥주를 마셨다. 술자리가 끝날 무렵이면 강 선생님이 어김없이 하시는 말씀이 있었다.

"집에 가서 샤워하고 책 보다가 자거라."

농담이 아니라 진지하게 하시는 말씀이었다. 몇 번이나 그리해보려고 시도했으나 나로서는 불가항력적인 일이었다. 샤워는커녕 세수만 하고 자도 다행이었다.

선생님은 이런 말씀도 자주 하셨다.

"하루는 자부심을 가지고 그날을 시작하도록 해라. 그다음 날은 나 자신을 겸허하게 돌아보는 것으로 시작하고."

한번은 술자리에서 평소 안하시던 말씀을 하셨다. 그날따라 참석자가 많지 않았었다. "이번에 나온 이상문학상 수상작은 읽어봤니?" 강 선생님이 한국 문학, 그것도 문학상에 대해 하시는 말씀을 나로서는 처음 들었다. 내가 그 작품을 읽었노라고 대답했다. 선생님은 "어떻게 읽었니?"라고 묻고는 "좋은 결정이 아니었다"고 바로 말씀하셨다. 그 작가는 그즈음에 최고로 꼽혔으나 이후 이런저런 문제로 오랫동안 구설에 오르내렸다.

지금 생각해도 강 선생님에 대해 이해할 수 없는 대목이 하나 있다. 우리 과 졸업생들이 대학 스승을 결혼식 주례로 모시는 경우는 거의 없었다. 선생님들께 부탁해도 들어주시지 않으니 지레 포기들을 했다. 불문과 졸업생들이 커플이 되어 찾아와 아무리 졸라도 마찬가지였다. 이유는 바로 강 선생님 때문이었다. 강 선생님은 다른 것은 몰라도 주례 부탁만은 절대 들어주지 않으셨다. 그분이 "나는 주례 안한다"고 선언하시니 다른 선생님들이 "나는 주례만 하는 선생이냐?"라고 불평하는 것은 당연했다.

강 선생님은 주례 부탁을 거절하는 대신에 졸업생이 청첩장을 들고 오면 반드시 참석해 축하해주셨다. 어차피 결혼식에 참석하시는데 왜 부탁을 들어주시지 않았는지, 지금도 나는 그 이유를 모른다.

1985년에 창설된 강원대 불문과로 자리를 옮긴 황현산 교수가 스승인 강성욱 선생님(오른쪽에서 네번째)과 몇몇 대학원생을 춘천으로 초대해서 소양강댐을 둘러보는 광경이다. 하얀색 와이셔츠에 짙은 감색 양복을 입고, 두 손을 허리 뒤로 맞잡은 채 고개를 뒤로 조금 젖힌 강 선생님의 전형적인 모습이 보인다. 사진 맨 왼쪽 얼굴이 정면으로 보이는 분이 황현산 선생님이다. 사진 이병열.

하루 10시간 이상
책상에 앉는다는 원칙을

지키다

내가 캐나다로 이민을 올 즈음 찾아뵙고 인사를 드릴 기회를 놓쳤다. 마음에 걸려서 그냥 떠나올 수도 없었다. 떠나기 이틀 전에 전화를 드렸더니 자동응답기로 넘어갔다. 몬트리올에 교환 교수로 왔던 선배가 토론토에 들렀다. 강 선생님께서 내가 남겨놓은 인사말을 언급하시더라고 했다. 뵙고 오지 못한 것이 못내 아쉬웠다. 선배는 강 선생님이 정년퇴임을 한 후에도 제자들과 공부 모임을 만들고 "여전히 무섭게 공부하신다"고 전했다. 몇 년 지나지 않아 부고를 들었다.

제자들에게 언제 어느 자리에서나 공부에 대해 말씀하시던 강 선생님 당신께서는 어떻게 공부해오셨는지에 대해, 나는 한 번도 생각해본 적이 없었다. 수도원에서 용맹정진하는 수도승처럼 공부에 몰두하셨을 것이라고 짐작했을 뿐이다. 짐작은 하되 그

높이와 크기를 모르던, 우리에게는 그저 태산 같았던 스승에 대해, 스승을 가장 가까이에서, 가장 오랫동안 모셔온 제자가 처음으로 쓴 글이 있다. 바로 황현산 선생님이 『경향신문』 칼럼(2015년 3월 6일자)에 쓰신 글이다.

스승이 지닌 지식의 깊이와 절차탁마의 수행력은 범인이 흉내내기 어려웠다. 교실 밖에서건 안에서건 공부와 관련되지 않은 이야기는 한 번도 한 적이 없었다. 세상을 떠나기 일주일 전까지, 하루에 열 시간 이상을 책상 앞에 앉아 있는 것을 원칙으로 삼았고, 그 원칙을 지켰다. 잡무를 처리할 때는 다른 책상을 썼고 그 시간은 공부하는 시간으로 치지 않았다.

2012년 봄 한국에 갔다가 고대 불문과 교수로 있는 후배를 만났다. 예전에 강 선생님의 지시로 만든 문학반에서 2년 정도 함께 공부한 후배였다. "형, 강 선생님 책 나왔어"하며 두꺼운 책을 불쑥 내밀었다. 『강성욱 교수 장서 목록』(고려대학교출판부).

선생님이 보시던 장서 2만여 권은 제자들이 정리해 고대도서관에 기증했다고 들었다. 그중에는 보들레르의 시집 『악의 꽃』 초판본(1857년)도 포함되어 있다. 장서 목록 간행사에는 이렇게 적혀 있다.

강성욱 선생님은 (……) 그 깊은 지식과 높은 수행력으로, 공부하는 일이 제 길을 바로 밟기 어려웠던 한 시대의 곧고도 외로운 사표가 되셨다. 고려대학교 불어불문학과가 그 실사의 학풍을 수립하기까지에는 당신의 준엄한 정신에 입었던 은혜가 실로 컸다. 무엇보다도 보들레르 연구의 대가이신 선생님은 문학과 어학을 비롯하여 인문학의 모든 분야에 걸친 그 넓고 깊은 천착으로 제자들과 후학들의 막힌 정신에 항상 새로운 광맥을 열어놓으셨다. 정년을 맞으신 후에도 학문과 생활 양면에서 항상 절대적인 염결을 실천하신 선생님은 당신이 기른 제자들과 함께 한국어판 보들레르 전집을 간행하기 위해 각고의 노력을 기울이셨으나 대업의 끝을 보지 못하고 2005년에 이승을 떠나셨다.

황현산 선생님

고려대 불어불문학과 교수를 역임했으며 현재 같은 학교 명예교수이다. 아폴리네르를 중심으로, 상징주의와 초현실주의로 대표되는 프랑스 현대 시를 연구하고, 문학비평가로 활동하며 '시적인 것' '예술적인 것'의 역사와 성질을 이해하는 일에 오래 천착해왔다. 2013년에 펴낸 산문집 『밤이 선생이다』가 큰 반향을 불러일으켰다.

춘천에 가서
현산이한테

배우고 오너라

1986년 여름 불문과 조교가 우리에게 강성욱 선생님 말씀이라며 전해주었다. '우리'는 고대 대학원 석·박사 과정의 불문학 전공자들이었다. 당시 석사 과정 첫 학기를 마쳤던 나는 많이 의아해했다. 명색이 대학원생인데 방학 보충 수업을 하는 것도 아니고, 이게 뭔가 싶었다. 춘천에 가서 무슨 공부를, 왜 해야 하는지도 몰랐다. 우리에게 그런 말을 전하고 교재 준비 등 이런저런 실무를 담당했던 조교 형도 정확한 이유는 잘 모르는 것 같았다.

그래도 "안 가겠다"고 내놓고 말하는 사람은 없었다. 강 선생님 말씀이니 특별한 사유가 없는 한 따르지 않을 수 없었고, 한편으로는 특별한 이유가 있겠거니 생각했다. 그냥 따라 한다고 해서 절대 손해날 일은 없을 것이라는 확신도 있었다. 춘천에 있는 강원대 불문과에 황현산 선생님이 교수로 부임한 지 몇 해 되지 않았던 때였다.

내가 학부 1, 2학년 때는 강성욱 선생님이 베일에 싸인 분이었다. 대학원 들어가니 그런 분이 또 있었다. 황현산 선생님이었다. 대학원에서 말만 무성했을 뿐 그분은 한 학기가 지나도록 한 번도 모습을 드러내지 않았다. 강 선생님이 "어, 현산이가 말이야"라고 말씀하실 때면 아버지가 동생들한테 "너희들 형은 말이야"라고 하실 때의 자랑스러움 같은 것이 묻어났다.

고대 불어불문학과 65학번. 불문과 3회 졸업생. 강 선생님의 지도로 석사 학위를 받고 시인 아폴리네르 연구로 박사논문을 쓰는 중, 경남대 교수로 있다가 강원대로 자리를 옮겼다는 것. 내가 아는 황현산 선생님에 관한 정보는 이 정도가 전부였다. 그분을 만난 적이 없으니 "현산이가 말이야"라고 말문을 여셨다는 것 외에는 강 선생님 말씀 중에서도 기억에 남는 것이 별로 없었다.

그해 여름, 대학원생 대여섯 명은 일주일에 한 번씩 청량리역에서 만나 춘천행 새벽 기차를 탔다. 춘천은 몹시 무더웠다. 나로서는 난생처음 경험하는 아주 이상한 더위였다. 춘천 주변에 호수가 많아 습도가 높아서 그렇다고 했다.

강원대에 있는 황현산 선생님 연구실은 별로 크지 않았다. 좁은 공간에 책이 많아서 우리가 앉으니 서로 무릎이 닿을 지경이었다. 1980년대 중반에 에어컨이 있을 리 없었다. 선풍기 한 대틀어놓고 우리와 선생님이 둘러앉았다. 프랑스에서 학위를 마치고 돌아온 지 얼마 안 되는 김용은 선배가 마침 강원대 교수로 부임해 있었다. 플로베르의 '수고(手稿, manuscrit)'를 연구하면서 가장 어려운 길을 일부러 찾아갔다고 강 선생님이 늘 칭찬하던 여자 선배였다. 말로만 듣던 그 유명한 그 선배가 이 공부 모임에 합류했다. 우리로서는 최고의 선배들을 모셔다 놓고 하는 공부였다.

공부는 대학원 수업과 똑같이 진행되었다. 다른 점이라면, 점심을 먹어가며 하루 종일 했다는 것이다. 저녁때는 으레 그렇게 해야 한다는 듯이 학교 밖으로 나가서 간단한 뒤풀이로 그날을 마무리했다. 그리고 청량리행 막차를 탔다. 여름방학 두 달 동안 매주 하루씩 그렇게 공부했다. 공부한 시간으로 따지면, 대학원의 한 학기 수업보다 훨씬 길었다.

말하자면 강도 높은 서머스쿨이었다. 그러나 학점 같은 것도 없었고, 수업료도 없었다. 수업료는커녕 오히려 선생들이 학생들에게 밥과 술을 사주기도 했다.

당시 텍스트로 삼은 책은, 19세기 중엽 보부상 같은 상인을 통해 인쇄물이 대중 속으로 급속하게 퍼져나가는 양상을 다룬 다소 딱딱하고 건조한 연구서였다. 발표자가 자기가 맡은 분량을 요약해 발제하는 형식으로 수업은 진행되었다.

처음 뵙기도 했거니와 수업 시간에 황 선생님과 함께 앉는 것도 처음인 나로서는 그분을 보고 여러모로 많이 놀랐다. 우리가 내용을 잘 파악하지 못해 쩔쩔매면 황 선생님은 답답해하는 대신 한마디 슬쩍 거들어주셨다. 그것이 열쇠가 되어 잠긴 자물쇠 풀리듯 문제가 해결되는 경우가 많았다. 여러 함축된 의미를 지닌 불어 단어를 우리말로 똑 떨어지게 옮길 수 있다는 것이 신기했다. 황 선생님은 그것을 절묘하게 찾아냈다.

영어의 'in'에 해당하는 불어의 'dans'을 두고 우리 모두가 고민을 했다. '~에'로 해도 안 되고 '~속으로'라고 해도 말이 되지 않았다. 하나같이 머리를 쥐어뜯는 와중에 황 선생님이 "통해서라고 번역해봐라"라고 말했다. 꼬여 있는 것 같던 불어 문장이 신통하게도 잘 풀렸다.

당대의 문화적 배경과 지적 전통에 관한 풍부한 설명 또한 우리를 놀라게 하기는 마찬가지였다. 그렇게 황 선생님을 처음 만날 때부터 선생님으로 모시고 공부를 해서 그런지, 우리로서는 그분을 선배보다 선생님이라고 부르는 게 훨씬 더 자연스러웠다.

최고의 고수는

가장
유연한 자이다

　　선배님이든 선생님이든 그분은 당신 연배의 다른 분들과 여러모로 달랐다. 당시 선생님과 높은 선배들은, 가까이 다가가기에 어려운 분들이 많았다. 그분들이 실제로 엄하고 무서웠던 것이 아니라, 스승과 제자, 선배와 후배들이 서로에게 편한 소통 방법을 제대로 찾지 못해서 그랬을 것이다.

　반면 황 선생님은 살갑고 친절했다. 목소리도 다정다감했거니와 후배와 제자들을 대하는 태도가 남달랐다. 발표자가 준비 부족으로 쩔쩔맬 때도 답답해하거나 지적하지 않고, 적절하게 보완해주셨다. 보완을 해줘도 그것이 너무나 자연스럽게 이루어져서, 발표자가 자존심 상해할 일은 없었다. 황 선생님은 늘 웃는 얼굴이었으며, 짜증이나 화를 내는 법이 없었다. 우리는 그때 부드러움의 힘을 보고 느꼈다. 그 부드러움은 실력과 자신감, 유연성을 두루 갖춘 데서 연유하는 것이었다. 마침 황 선생님이 펴낸 산문집 『밤이 선생이다』(난다, 2013)에서 나는 이런 내용을 보았다.

문제는 결국 유연성인데 그것은 자신감의 표현과 다른 것이 아니다. 무협 영화 한 편만 보더라도 최고의 고수는 가장 유연한 자이다. (「당신의 사소한 사정」 중)

비록 두 달 정도에 걸친 공부였으나 우리는 그때 많은 것을 얻었다. 어쩌면 황현산 선생님이라는 분을 잘 알게 된 것이 우리에게는 가장 큰 성과였을지도 모른다. 당시에도 '무슨 연유로 제자도 아닌 우리에게 이렇게 잘해주시나?' 하는 궁금증이 생겼었다. 강 선생님 말씀 때문에 그러셨겠거니 짐작은 하면서도 납득이 되지 않았다. 그때는 질문할 기회를 찾지 못했는데, 최근에 만나 뵈었을 때 그 생각이 났다. 30년 동안 묵혀온 궁금증을 풀고 싶었다. 황 선생님은 이렇게 답하셨다.

"강 선생님이 후배들 불어 독해 실력 좀 키워주라고 하시더라."

강 선생님의 의도가 '불어 독해 실력 향상' 정도였을까. 불어 실력이야 다른 데서도 충분히 키울 수 있었다. "현산이한테 가서 배우고 오너라"라는 말씀에는 '현산이에 대해 잘 알고 오너라'라는 뜻도 포함되어 있었을 것이라고 나는 믿는다.

황현산 선생님은 고대 불어불문학과 대학원이 배출한 첫 국내

2015년 여름 황 선생님을 서울에서 오랜 만에 만나 뵈었다. 친절하고 따뜻한 성품은 예나 지금이나 똑같았다.

박사이다. 물론 지도 교수는 강성욱 선생님이었다. 대학원 수업 시간에 강 선생님이 "현산이는 뛰어난 문학평론가야"라고 말씀하신 적이 있다. 어떤 맥락이었는지는 잘 모르겠으나, 그 말씀을 듣고 '황 선생님이 언제 등단하셨나?' 하고 다소 의아해한 기억은 남아 있다. 돌이켜 생각하면, 강 선생님은 제자가 나중에 한국 문단에서 평론가로서 어떤 글을 쓰며 활약하게 될지를 일찌감치 예감하신 것 같기도 하다. 아니면 그런 기대를 표명하신 것인지도 모르겠다.

그로부터 10여 년이 지나 나는 문화부 기자로 일하면서 황 선생님을 다시 만났다. 1990년 박사 논문을 쓰고 그 논문을 『얼굴 없는 희망—아폴리네르 시집 '알콜' 연구』(문학과지성사)라는 단행본으로 펴낸 뒤였다. 황 선생님은 강원대에서 고대로 자리를 옮기면서 1990년대 한국 문단에 본격적으로 모습을 드러냈다.

학교에서 연구하고 강의하던 황 선생님이, 한국 문단에서 평론가로 활동하게 된 계기가 퍽 특이하다. 『세계일보』 조용호 기자가 잘 정리한 짧은 글이 있다.

45세에 문화예술진흥위에서 청탁한 200자 원고지 100장 분량이 호평을 받으면서 소문이 나기 시작해 자연스레 문학평론가의 길로 접어들었다. 추천이나 등단 과정을 거친 게 아니라 비록 늦깎이지만 순수하게 그의 글이 지니는 힘만으로 세상에 드러난 셈이다. 이후의 과정도 마찬가지다. 해외 유학파들은 일찍이 화려한 문단 앞자리를 장

식했지만 그는 정작 70세 가까이 되어 어떤 문학 권력으로부터도 자유로운 독자들로부터 월계관을 받은 셈이다. (2015년 8월 31일자)

황 선생님의 글을 접하기 시작한 시인·소설가 들은 서둘러 그분을 문단으로 모셨다. 자기들의 작품을 누구보다 깊고 섬세하게 읽어주는 평론가를 작가가 환영하지 않을 리 없었다.

기자로서 문화예술 관련 기사를 쓰다 보니, 문예지 지면에서나 각종 문학 행사에서 황 선생님을 만날 일이 자꾸 생겨났다. 기사를 쓰면서 문화 현안에 대한 평론가 의견이 필요할 때, 선생님은 가장 적절한 의견을 주는 전문가였다. 선생님의 코멘트는 다듬을 필요가 없었다. 요즘 황 선생님의 트위터에서 보듯 간결하고 명쾌해서 가감 없이 기사에 넣을 수 있었다. 선생님의 목소리는 여전히 다정다감했다.

1998년 원(源)『시사저널』에서 '올해의 책'(시 부문)으로 최정례 시인의『햇빛 속에 호랑이』를 선정한 적이 있다. 그때 황 선생님께 평을 부탁드렸더랬다. 다시 읽어보니 이런 구절이 눈에 들어온다.

그(최정례 시인)는 사물을 만날 때 눈앞을 가로막는 시간의 표면을 뚫고 들어가, 기억 속에 쌓인 다른 모든 시간을 그 사물 속에 겹쳐놓는다.

내가 보기에, 이 대목은 황 선생님 글에 적용해도 맞는 말이다. 2000년대 들어 황 선생님이 시인들 사이에서 '인기인'이 되었다는 이야기가 들려왔다. '기억 속에 쌓인 다른 모든 시간을' 시에서 풍성하게 읽어주는 평론가를 시인들이 환영하지 않을 까닭이 없다. 40대 중반에 이르러 시작한 평론, 중년의 깊고 풍부하고 다양한 삶의 경험을 바탕으로 하는 평론은, 이삼십대의 젊고 빛나는 감각으로 하는 것과는 많이 다르다.

절묘한 해석으로

'딸깍'
열어주는 느낌을 주다

       여름 방학 두 달 동안 강원대 선생님 연구실에서 공부할 때 우리가 받았던 느낌, 이를테면 풀리지 않는 문장을 절묘한 해석으로 '딸깍' 하고 열어주는 느낌. 2000년대 시인들은 자기 시를 읽어주는 선생님에게 그런 느낌을 받았을 것이다.

  문학 논문 및 비평과 관련 없는 글로는 처음 엮었다는 황 선생님의 산문집 『밤이 선생이다』에 수많은 독자가 환호한 이유 또한 다르지 않을 것이다. 황 선생님의 칼럼은 주제는 무겁되 글은 어렵지 않다. "이것이다"라고 주장하거나 가르치려 들지 않는다. 그 글들은 우리와 함께 공부할 때처럼 "이렇게 생각해보면 어떨까"라고 제안한다.

  황 선생님의 사회비평은 날 선 비판과는 거리가 있다. 비판해도 역사적 배경과 맥락을 살피면서 넓게 이해하고 두루 감싸는

쪽이다. 비판에도 품격이 있다. 바로 그 품격으로 말미암아 많은 독자들이 황 선생님 산문집에 그토록 열렬하게 호응했을 것이다. '21세기형 어른'이라는 말이 있다면 황현산 선생님은 거기에 가장 가까운 분이 아닐까 싶다.

대학원 시절부터 우리는 '황현산은 강성욱 선생님의 작품'이라고 생각했었다. 불문학 연구자이자 교수로서는 물론이거니와, 최근에 나는 믿기 어려운 이야기를 전해 듣고 그 생각이 틀리지 않았음을 확인했다. 강 선생님은 술자리를 마칠 때마다 제자들에게 말씀하셨다.

"집에 가서 샤워하고 책 보다가 자거라."

나는 그 말씀을 따르는 제자가 진짜로 있을 줄은 몰랐다. 어느 매체에 실린 글을 통해 알았다. 황 선생님 아드님은 말했다.

"아버지는 학교에서 술자리를 끝내고 늦게 집에 오셔도 늘 두세 시간 동안 책을 보다가 주무셨다."

황 선생님은 당신 스승을 수도승처럼 공부하신 분이라고 말했다. 하루 열 시간은 책상 앞에 앉아 있던 그 스승을, 제자들은 우리를 낳고 키우면서 끊임없이 자양분을 제공하신 거대한 뿌리 같은 존재로 기억한다. 요즘 황 선생님을 보면 그 뿌리가 피워 올린 꽃 같다는 생각을 하게 된다. 그 제자는 스승이 평생의 업으로 삼았으나 그 끝을 보지 못한 한국어판 『보들레르 전집』간행을 이어받아 진행해나가고 있다.

이 지억을 잊어버리지 않기 위해

황현산

시인들은 특별히 이 시를 썼고, 어느때

____ 시를 쓰고, ____ 불행한 ____

____ 대신해서 시를 썼다. 그 ____

에서 ____ 이해서거나 아니라 그

에의 ____이 ____ 두려워서 ____

____ 정지용은 「유리창」을 썼고, 말없는

황현산 선생님의 육필 원고

김준엽 선생님

일제강점기에 학도병으로 징집되었다가 탈출해 광복군으로 활동했다. 고려대 사학과 교수, 아세아문제연구소 소장, 고려대학교 총장을 역임했다. 총장 재직 시절(1982년 7월~1985년 2월) 전두환 정권의 학원 탄압에 맞서다가 강제 사임 당했다. "현실에 살지 말고 역사에 살라"고 제자들을 가르쳤으며, 염결을 실천한 큰 지성으로 존경받았다. 2011년 세상을 떠나셨다.

내가
고려대에 들어간

이유

       지금까지 살아오면서 목이 쉬어 말을 하지 못한 적이 딱 두 번 있었다. 사나흘 동안 아예 소리를 낼 수 없었는데, 대학 시절 정기 고연전 때문에 그랬다. 한번은 1학년 때인 1982년 정기 고연전 직후, 또 한번은 1983년 고연전 취소에 대한 항의 데모를 한 다음이었다.

  1학년 때는 응원 때문에 목이 잠겼지만, 2학년 때는 내 생애 처음이자 마지막으로 경험한 철야 농성으로 인한 것이었다. 하룻밤 농성이었으나 목은 훨씬 더 아팠다. 밤샘 농성의 흥분과 공포가 말도 못하게 커서 소리소리 질렀기 때문이다.

  1983년 9월 초였다. 제5공화국 전두환 군부독재 시절. 시위는 고사하고 몇 명이 그냥 몰려다니기만 해도 학내에 상주한 사복 경찰의 눈길이 따라붙던 때였다. 그 눈길을 용케 피해 시위를 벌인다 해도 5분을 넘기기가 어려웠다. 경찰은 사과탄을 던지고, 시위대를 패고 짓밟으며 주동자를 연행해 갔다.

그런 판국에, 그냥 시위도 아니고 학생회관에 5백여 명이 모여 하룻밤을 지새운 항의 농성이 벌어졌으니 대단히 큰 사건이었다. 평범한 학생답게 학생운동을 심정적·소극적으로만 지지하던 내가 그 큰 사건에 참가하게 된 데는 내 나름 개인적인 이유가 있었다.

당시에는 내놓고 말하기가 창피해서 누구에게도 털어놓지 못한 아주 사적인 사연이다. 정기 고연전. 만약 이 스포츠 행사가 없었더라면 나는 고려대를 선택해 들어갈 이유가 없었다.

초등학교 때 우연히 흑백텔레비전으로 본 축구 경기가 있었다. 한 팀은 줄무늬, 또 한 팀은 Y자가 그려진 유니폼을 입고 있었다. 어린 내 눈길을 잡아끈 것은 경기보다 스탠드의 응원단이었다. 그들은 화려한 율동을 펼치고 노래를 부르며 환호작약했다. 나는 그 모습에 단박에 매료되었다. 나도 저렇게 하고 싶다는 꿈을 꾸었다. 운동 경기라고는 프로 레슬링과 권투밖에 모르던 시절이었다.

고교에 들어가서도 꿈은 변하지 않았다. 응원 연습도 하고, 파란색 모자를 쓰고 연고전을 구경하러 간다는 형을 속으로 많이 부러워했다. 남들이 들으면 놀릴 것 같아, 대학에 진학하려는 이유가 정기전 구경을 하기 위해서라고 누구에게도 말하지 않았다. 대학가요제 나가려고 대학 들어간다는 친구들도 있었으니 내 꿈이 터무니없는 것만은 아니었지만 말이다.

고3 때인 1981년 가을 오후, 학교 앞 분식집에서 라면을 먹다가 우연히 정기 고연전 농구를 보았다. 이충희·임정명이 졸업해 전력이 절대 열세라는 해설자의 확신이 무색하게, 고대가 극적으로 경기를 잡았다. 그 경기를 보면서 나는 고대 농구와 고대가 갑자기 좋아졌다.

고대 불문과 입학을 앞둔 나에게 E여대 불문과에 다니던 친척 누나가 '김새는' 소리를 했다. "너는 왜 다 쓰러져가는 대학엘 들어가려고 하니?" 신입생인 내가 고대가 쓰러지는지 일어서는지 알 수는 없었다.

광복군 장교로 중국 시안에서 미국 정보기관(OSS)의 특수 훈련을 받다가 1945년 8월 20일 귀국을 기다리던 시절의 모습. 왼쪽부터 노능서, 김준엽, 장준하 선생.

광복군 출신 총장이
나타났다

그런데 2학기가 되자 고대가 일어선다는 느낌이 들었다. 여름에 총장이 바뀌더니, 뭔가 변화가 많아 보였다. 같은 과 친구 하나가 말했다. "학교가 많이 발전할 모양이다. 새 총장 오고 나서 『고대신문』에 학교 발전 이야기가 매번 크게 실리고 있거든."

총장이 바뀐다고 우리가 그리 관심 가질 일은 없었다. 그러나 그때는 사정이 좀 달랐다. 전임 김상협 총장이 전두환 정권 국무총리 자리로 옮겨갔다. "뭐야? 저래도 되는 거야?"라고들 했다. 한편 신임 총장은 일본군 학병 탈출 1호로 광복군 출신이라고 했다. 전임 총장에 대한 실망감을 잠재울 만한 뉴스였다.

김준엽 총장이 부임하면서 변화는 신문 지상에서만 나타난 것이 아니었다. 학교에 생동감이 도는 듯했다. 몇 년째 죽을 쑤었다는 신입생 입학 성적이 이듬해부터 라이벌 대학을 누르며 치솟았다 했고, 덤프트럭의 소음과 공사장의 먼지로 교정이 부산스러웠다. 정경관과 법학관이 새로 올라갔다. 고대가 쓰러지다가 일어선다는 느낌이 들었다(캐나다로 이민을 와서 보니, 그때 김준엽 총장은 고대 졸업생들로부터 학교 발전 기금을 모으려고 머나먼 토론토까지 날아왔었다).

총장이 바뀌든 말든, 학교가 쓰러지든 일어서든 내 관심사는 오로지 9월 정기 고연전에 있었다. 나는 고연전이 열리기 직전 대운동장에서 하는 나흘 동안의 응원 연습에 한 번도 빠지지 않았다. 이미 3월 응원 오리엔테이션에도 뿌듯한 마음으로 참가했고, 1학기 때 열린 비정기 고연전은 종목 불문하고 한 경기도 빼놓지 않고 구경하러 갔었다. 정기 고연전이 열린 주에는 휴강이 많았으나, 휴강이 아니라고 해도 나는 수업에 들어가지 않았다. 오랫동안 홀로 꿈꾸어 온 것인 만큼 그 주에는 응원 연습보다 중요한 것은 없었다. 나는 혼자서도 얼마든지 즐기고 신바람 낼 수 있었다.

응원 연습 마지막 날 김준엽 총장이 우리 앞에 처음으로 모습을 드러냈다. 그분은 마이크를 잡고 "올해는 반드시 이겨야 한다"고 말했다. 비장하다는 느낌이 들었다. 당시 나는 총장님도 나처럼 정기 고연전을 무척 사랑하시나 보다 했다. 그런데 최근 그분의 자서전 『장정 3—나의 대학 총장 시절』을 보니 이렇게 적혀 있었다.

내가 취임하기 전 정기 고연전에서 5년간 연패한 것이 고대 가족의 사기에 얼마나 큰 상처를 주었는지 나는 총장이 된 다음에야 실감하였다. 그렇기 때문에 취임 후 처음 맞이하는 고연전에서는 무슨 일이 있어도 꼭 이겨야 되겠다고 몇 번이나 다짐하고 기도하였다. 나의 전도를 점치는 것과 같이 느꼈기 때문이다.

그즈음 내가 상상도 할 수 없는 일이 벌어졌다. 1학기 때 가입했던 사회과학 서클에서 정기 고연전이 열리는 금·토요일을 포함해 2박 3일 엠티를 간다고 했다. 특히 1학년은 필히 참석해야 한다고 선배들은 엄포를 놓았다. 학생회관 3층에 있던 서클로, 고대 학생운동을 앞서 이끌던 곳 가운데 하나였다.

난감하기 짝이 없었다. 역시 웃음거리가 될까봐 그 고민을 누구에게도 털어놓을 수 없었다. 혼자 끙끙거리다가 청량리역이 아닌 잠실야구장으로 달려갔다. 서클 사람들에 대한 미안함까지 생겨서 그랬는지, 나는 처음 구경하는 정기전에서 괴성을 질러댔다. 나 스스로에게도 생소한 이상한 소리였다. 그 유명한 선동열, 박노준이 등판해서 흥분을 하기도 했다.

야구 경기 중간에 농구장으로 옮겨갔다. 나는 그곳에서 흥분이 극에 달해 거의 초주검이 되다시피 했다. 그 전해와는 달리 전력이 크게 우세해진 고대는 정기전 전에 열린 모든 경기에서 연대를 압도했었다. 그런데 이상하게도 정기전에서 고대는 후반 종료 직전까지 계속 끌려다녔다. 종료 20여 초를 남기고 가까스로

역전에 성공하고 볼도 우리 것으로 다시 가져왔다. 역전승의 기쁨에 소리소리 지르는 순간, 연대 1학년 가드 유재학이 고대의 볼을 날름 가로채더니 골 밑으로 들어가 슛을 성공시켰다. 8초를 남기고 당한 1점 차 재역전패였다. 나는 너무 흥분해서 내 옷을 찢었다.

이틀 동안 광분해 소리를 지르고 나니 목에서는 소리 대신 거의 피가 나올 지경이었다. 그 후 나는 중요한 엠티에 빠졌다는 부담감 때문에 서클실에 다시 발을 들여놓을 수 없었다. 서클 사람들이 보이면 한동안 피해 다녔다.

나에게 그렇게 중요한 정기 고연전이 1983년에는 돌연 취소되었다. 날벼락 같았다. 바로 한 학기 뒤인 1984년 봄 기만적이기는 하지만 학원자율화라는 것이 시행되었으리만큼, 1983년 2학기는 전두환 정권의 학원 탄압이 극에 달한 무렵이었다.

정기 고연전은 전두환 정권 시절 대학생 수천 명이 서울 한복판으로 몰려나와 독재정권을 성토할 수 있는 거의 유일한 기회였다. 1학년 때 내 목이 쉰 것도, 응원 때문만이 아니라 종로 거리에서 보낸 이틀 밤 때문이었다. 다른 대학 친구들까지 몰려나와 함께 술을 퍼마시고는, 겁도 없이 "전두환은 물러가라. 홀라홀라" 하고 노래를 불렀다. 종로 뒷골목에서 스크럼을 짜서 한참을 돌다가, 힘들면 신발을 벗어 길바닥을 두드리며 고래고래 소리 질렀다. 경찰이 나타나면 응원가를 불렀다.

전투경찰은 '우리 신발 소리가 너희들 것보다 더 크다'는 것을 과시라도 하려는 듯 군화로 길바닥을 쾅쾅 구르며 위력 시위만 했다. 학교도 아닌 길거리에서, 여럿이 모여 소리를 질러도 두들겨 맞거나 잡혀가지 않는 것이 몹시 신기했다.

이틀 동안 대학생 수천 명이 서울 중심가로 쏟아져 나와 산발적으로 시위를 벌이는 것을 전두환 정권이 그냥 두고 볼 리가 없었다. 1983년 정기 고연전을 취소한다고 발표한 곳은 학교 당국이었으나, 정부가 압력을 넣어 그랬으리라는 것을 모르는 사람은 없었다.

학내에서 시위가 벌어졌다. 겉으로는 반정부 시위가 아니라 고연전 취소를 발표한 학교 당국을 성토하는 시위였다. 교내에서 스크럼을 짜고 돌아다녀도 학내 문제이니 경찰이 개입할 여지가 없었다. 1972년, 1980년 등 한국 현대사의 주요 고비마다 정기 고연전이 열리지 않았다는 사실을 알고 있었다. 그러나 고연전을 바라보고 대학에 온 나로서는 한 번 거른다는 것이 그렇게 아까울 수가 없었다. 그 시위에는 누구보다 적극적으로 참가했다.

"총장님 나오세요. 안 나오시면 우리가 들어갑니다." 본관 앞에서 마치 총장실을 점거할 것처럼 밀어붙였지만 미는 우리나 막는 교직원이나 우리가 총장실로 들어가지 않으리라는 것을 잘 알고 있었다. 그 와중에 교직원 한 명이 아프게 맞았던지, 얼굴이 벌게져서 우리를 보고 소리를 질렀다. "야, 이 ××들아. 나, 너희 선배야. 살살 좀 밀어."

저녁 무렵 시위대는 학생회관으로 몰려들어 갔다. "고연전 취소를 즉각 철회하라" 같은 구호를 외치고 응원가와 투쟁가를 섞어 부르며 계단을 오르내렸다. 항의 철농(철야 농성)을 하자는 주장이 여기저기서 터져 나왔다. 시위를 주도한 이들이 철농을 염두에 두고 시위대를 학생회관으로 이끌었을 것이다.

"집에 갈 사람은 지금 나가라"라는 소리가 들렸다. 나가는 사람은 없었다. 그 말이 끝나기가 무섭게 학생회관 입구는 책상, 의자, 캐비닛 등으로 바로 봉쇄되었다. 1~2층 창문에는 철망이 있었으므로 3층에서 뛰어내리지 않는 이상 바깥으로 나갈 수 없었다.

비상 총회를 한다고 5층 강연장을 가득 메운 것을 보니 농성에 참가한 학생이 5백 명은 넘어 보였다. '프락치'가 있나 싶어 긴장하기도 했다. 우리끼리만 모인 자리에서는 더 이상 숨길 것이 없었다. 총회 자리는 자연스럽게 전두환 정권 성토장으로 변했다. 고연전을 취소한 주체가 학교가 아니라 전두환 정권이라는 사실을 모두가 알고 있었기 때문이다. 발언권을 얻어 성토하는 와중에 "군부독재 타도하자!" "전두환은 물러가라!" 같은 구호를 외쳤다. 교내외를 막론하고 그렇게 많은 사람이 모인 공개된 자리에서 누구 눈치 안 보고 반정부 구호를 외쳐보기는 처음이었다. 더 이상 응원가는 부르지 않았다.

고대 학생회관은 가운데 공간이 1층부터 4층까지 뚫려 있고 양쪽으로 계단이 나 있었다. 맨 위층에서 아래층을 내려다볼 수 있었다. 각층에 모여서 위아래를 보며 노래를 부르기도 하고 앞사람 어깨를 잡고 양측 복도를 오르내리며 일명 기차놀이를 했다. 장기자랑 등으로 웃고 떠들며 시간을 보냈으나 실상은 모두들 불안해하고 있었다. 학생회관 입구를 바리케이드로 막았다고 하지만 경찰이 그것을 뚫는 것은 일도 아닐 듯했다. 몇 달 전 서울대에서 이런 식으로 농성하다가 수백 명이 '달려갔다'는 말이 돌았다. 그 말을 들으니 더 떨렸다. 두려움을 누르기 위해서라도 악을 쓰며 소리 지르고 노래를 불러야 했다. 분위기가 늘어진다 싶으면 모두가 일어나 해방춤을 추고, 기차놀이를 다시 하며 활력을 얻었다.

배가 고팠다. 매점에서 빵을 가져다 먹어도 좋으냐를 두고 갑론을박이 벌어지는 와중에, 누가 지하 학생식당에서 밥을 찾아서 들고 왔다. 둥근 판에 든 하얀 쌀밥과 큰 통에 담긴 김치며 깍두기가 등장하자 모두 거기에 달라붙었다.

총장,
철야 농성 학생들을

밤새워 지키다

　　　　　자정 넘어 학생회관 건너편에서 스피커 소리가
들려왔다. 처음에는 경찰이 우리에게 경고하는 줄 알았다. 가만
히 들어보니 그게 아니었다. 첫마디를 잊지 못한다.

　"사랑하는 학생 제군들. 나, 김준엽 총장입니다."

　총장은 처음에 깍듯한 경어를 썼다. 차분한 목소리였다. 노래
와 구호 소리가 멈추자 말을 이어나갔다.

　"학생 제군들, 부디 몸을 다치지 마라. 여기 고대 병원 앰블런
스를 대기시켜놓았다. 아픈 학생 있으면 바로 내보내라. 재삼 당
부한다. 부디 몸조심하기 바란다."

　학생회관 건너편 홍보관 앞에 앰블런스 한 대가 서 있었다. 희
미한 가로등 빛 아래, 김준엽 총장이 탁자를 앞에 두고 홀로 앉
아 있었다.

배고프고 떨리고 하던 터에 예상치 않게 나타난 총장은 마치 우리의 수호신 같았다. 우리는 당시 투쟁가의 하나였던 「독립군가」를 부르며 광복군 출신 총장께 화답했다.

총장은 잠시 머물다가 가실 줄 알았으나 그게 아니었다. 그분은 동이 터올 때까지 그 자리에 그대로 앉아 계셨다. 총장은 "몸조심하고, 아픈 학생 있으면 내보내라"는 말씀을 거의 30분마다 한 번씩 되풀이했다. 반정부 구호를 외치지 말라거나 농성을 풀라는 말씀은 한마디도 없었다. 밤새 그 자리에 앉아서 경찰로부터 우리를 지키고 계신다는 확신이 들었다. 철야 농성이 정기 고연전 취소에 대한 항의를 넘어 명백한 반정부 시위로 변했기 때문이다.

총장이 지켜주신다 해도 불안감이 사라지는 것은 아니었다. 날이 밝아올수록 불안감은 점점 더 커졌다. 모두 창문에 붙어 교문 쪽을 바라보았다. 새벽이 되었는데도 학교로 들어오는 학생들이 보이지 않았다. 그 시간쯤이면 도서관으로 가는 학생들이 많을 때였다. 아무래도 경찰이 교문을 통제하는 것 같았다. 더 큰 불안감이 엄습했다.

"온다." 갑자기 누가 소리를 질렀다. 수백 명이 한꺼번에 교문에서 학생회관 쪽으로 뛰어왔다. 우리가 철농을 하는 줄 어떻게 알았는지, 그들은 도서관으로 가는 대신 우리를 보고 두 손을 높이 흔들며 환호했다. 어떤 학생들은 마치 운동 경기장에서 응원하듯 오른손 주먹을 높이 들고 "고대, 고대"라고 외쳤다. '살았다'는 생각이 들자 눈물이 펑펑 쏟아졌다.

　반정부 철야 농성이었으니 경찰이 고이 풀어줄 것 같지는 않았다. 우리는 안전 귀가를 요구하며 바리케이드를 그대로 두었다. 나갈 수도, 들어올 수도 없었다. 경찰 대신 학생 수백 명이 학생회관을 둘러쌌다. 밧줄들이 위아래로 오르내렸다. 아래에서는 김밥과 빵, 우유를 매달아 올려보냈다. 모두가 배부르게 나눠 먹었다.

　오후가 되자 학교 당국이 경찰과 담판을 지었다는 소식이 들렸다. 김 총장은 몸소 밤을 새워가며 우리를 지켰고 농성 가담자 모두가 무사할 수 있도록 해주었다. 누구를 막론하고 벌벌 떨던 전두환 정권 시절이었다. 김 총장은 홀로 거인 같았다.

　그 일은 1984년 3월 학원자율화 조치가 시행되기 전 대학에서 반정부 철야 농성을 하고도 한 명도 연행되지 않은 거의 유일한 사건이 아닐까 싶다. 김준엽 총장 취임 1년 후에 발생한 그 사건은 그분이 4년 총장 임기를 채우지 못하고 2년 8개월 만에 강제 퇴임을 당하게 된 발단이 되었던 것으로 보인다.

　김준엽 선생은 고대 역대 총장 중 가장 빨리 총장 자리에서 물러난 분으로 기록되었으나, 아이러니하게도 학생들로부터 가장 큰 사랑과 존경을 받은 총장으로 기억되고 있다. 당시 고대생들은 교정 잔디밭에 앉아 있다가도 총장이 지나가면 담배를 끄고 일어나 인사를 했다. 졸업생들에게도 짧은 재임 기간에 "고대가 비약적으로 발전하는 발판을 마련했다"(『고대교우회보』)는 평가를 받았다.

학원자율화 조치(대학 내에서 사복 경찰 철수 및 제적 학생 복학 등) 이후 고대는 반정부 투쟁에서 늘 조금씩 앞서갔다. 김 총장이 버팀목이 되어주고 있다고 믿어서 그랬는지, 4·19를 하루 앞선 4·18혁명을 기념하는 전통 때문인지는 몰라도 앞서가야 한다는 강박을 가진 듯 보이기도 했다. 봄에는 학원자율화추진위원회를 가장 먼저 만들었고 가을에는 문교부의 불허에도 불구하고 1980년에 부활했다가 바로 폐지되었던 총학생회를 가장 먼저 출범시켰다. 그때 선출된 총학생회장은 김영춘이었다.

직선제 총학생회가 등장한 후 두 달 만에 민정당사 기습 점거라는 대형 사건이 터졌다. 1984년 11월 14일이었다. 3학년 2학기 중에 있던 나는 진로를 대학원 진학으로 정하고 그동안 노느라 소홀히 했던 학과 수업에 빠짐없이 들어갔다. 친구 김횐주도 3학년 들어 진로를 정했다. 횐주는 학과 수업에는 잘 들어오지 않고, 우리 과 여학생 한 명과 함께 민정당사에 농성하러 들어갔다. 민정당사 점거는 교내 학생회관 철야 농성과는 차원이 달랐다. 집권 여당의 안방을 기습 점거해 군부독재에 항의하는 사건이었다. 고대, 연대, 성대생 264명은 전원 연행되었다. 그중에 김횐주도 물론 끼어 있었다.

나는 시골에서 올라오신 횐주 부모님을 경찰서로 어디로 모시고 다녔다. 부모님은 자식이 감옥에 갈까봐, 퇴학당할까봐 노심초사하셨다. 그런데 횐주를 포함해 민정당사 점거 농성자들은 한 명도 구속되거나 퇴학당하지 않았다. 훤주는 무사히 풀려났다. 민정당사 점거 농성을 기획·주도한 총학생회 간부 몇 명만 겨울 방학 중에 징계되었으나 나중에 모두 학교로 돌아왔다.

당시, 김준엽 총장이 그들을 지켜주었다고 우리는 짐작했다. 나중에 그분이 쓰신 회고록을 보니 역시 그랬다. 정부 당국에서 학생들을 학내 절차와는 관계없이 총장 직권으로 "당장 제적시키라"고 압박했으나 김 총장은 "학생들의 처벌은 경찰 조사, 검찰 신문이 끝난 뒤 법원의 판결이 있고 난 다음에 학칙에 따라 소정의 절차를 밟아서 적절히 처리하겠다"며 버티었다.

김 총장은 고대뿐 아니라 대학 전체에 대한 전두환 정권의 압력을 막아내는 방파제였다. 김 총장이 학생 처벌에 요지부동이니 다른 대학들도 "고대가 하면 5분 내에 처리하겠다"며 함께 버티었다.

김 총장은 회고록에 썼다.

이 때문에 나는 문교부와 정면충돌하고, 결국 재임 중에 2차의 '계고장'을 받았을 뿐만 아니라 급기야는 민정당사 진입에 따른 처벌 문제로 말미암아 강제 사임까지 당하고 말았다.

4학년 1학기를 맞은 1985년 3월 초 학교에 갔더니 분위기가 심상치 않았다. 대학원 시험을 준비한다고 도서관에 앉아 있었으나 고시 준비생이 많은 도서관 열람실마저 술렁거렸다. 말을 들

어보니 2월 25일 졸업식을 마지막으로 김준엽 총장이 쫓겨났다
는 내용이었다. 졸업생 대표 연설을 했던 신방과 여학생이 미리
준비한 원고를 읽다 말고 울먹이며 즉석 연설을 했다는 소리도
들렸다.

"외부 당국의 압력에 의해 행해지는 굴욕적인 총장 사퇴는 결
코 받아들일 수 없습니다. 학원 민주화와 사회 민주화를 위해 이
번 일이 철회될 때까지 매진하겠습니다. 총장님, 힘을 내십시오."

올 것이 왔구나 하는 생각이 들었다.

학교 전체가 데모 열기에 휩싸였다. 신임 총학생회장 허인회가
상복을 입고 시위대를 이끌었다. 평소 시위대 뒤만 얌전하게
따라다니던 내가, 전면에서 화염병까지 던져가며 싸웠던 두
번의 시위가 있었다. 한 번은 김훤주가 민정당사 점거 사건으로
잡혀갔을 때였고, 다음은 김 총장 강제퇴진 반대 시위였다.

당시 고대 캠퍼스에는 중앙에 대운동장이 있었다. 넓은 운동장을
둘러싸고 도로가 나 있었는데, 그 긴 도로를 데모대가 가득 메웠다.
도서관에서도 모두 몰려나왔다. 수천 명의 데모대였다.

"총장 사퇴 결사반대" "독재정권 타도하자" 같은 구호와
함께 교문을 사이에 두고 경찰과 큰 싸움이 벌어졌다. 데모대는
교문을 돌파하고 일명 '지랄탄'과 페퍼포그를 앞세워 '저항'하던
경찰을 제기동 로터리까지 밀어붙였다. 대학 재학 중에 경험한
최대 규모이자 가장 격렬한 데모였다. 데모는 한 달 내내 지속된
것으로 기억한다.

문학 못지않게 역사학에 관심이 많았던 나는 사학과 강의를 여러 개 들었으나, 한국 공산주의 운동사의 권위자라는 김준엽 교수의 수업은 들을 기회가 없었다. 그분이 내가 1학년 때 총장이 되어 4학년이 되기 직전에 고대를 떠나셨기 때문이다. 김준엽 총장은 학자로서도 큰 업적을 남겼다. 그분이 설립한 고대 부설 아세아문제연구소는 빼어난 연구 성과로 국내외에서 크게 주목받았다고 들었다. 한때 아세아문제연구소는 세계적으로 고대보다 더 유명하다는 소리를 듣기도 했다.

졸업 후 김준엽 총장을 두 번 만나 뵈었다. 한번은 부산 출장 중 기차 안에서였고 또 한번은 1993년 중국 출장 중에 중국 역사 학자의 부탁을 받고서였다. 그 학자는 내게 김준엽 총장님을 아 느냐고 묻더니 선물을 대신 전해달라고 했다. 당시 김 총장은 사 회과학원 이사장으로 재직 중이어서 서울역 앞 대우빌딩으로 찾 아갔다.

"고대 졸업생입니다" 하고 인사를 하면 총장님은 입버릇처럼 "몇 학번인가?" 하고 물어보신다고 했다. 정말 그랬다.

"82학번입니다"라고 했더니 "그럼 나를 지키려고 데모를 했겠 군"하며 유쾌하게 웃으셨다. 그리고 자랑스러워하셨다.

"총장 물러나라는 데모는 많았어도 물러나지 말라는 데모는 내가 처음이야. 제자들로부터 가장 성대한 환송을 받은 거지. 학 생들이 내게 달아준 훈장이기도 하고."

"우리를 지켜주셨으니 당연한 일이지요."

나는 꼭 10년 전 학생회관 철야 농성 때 얼마나 감동했던가를 그 자리에서 말씀드렸다. 뜻밖에도 총장님은 "내가 그랬었나?" 하며 그 사건이 어렴풋이 기억난다고 하셨다. 2년 8개월 재직 기간에 얼마나 많을 일들을 겪었으면, 그렇게 큰 사건이 어렴풋한 기억으로만 남아 있을까 싶었다.

전신재 선생님

양정고 교사, 한림대 국어국문학과 교수 및 대학원장, 한국역사민속학회·한국공연문화학회 회장을 역임했다. 한국 전통연극과 구비문학, 김유정문학 등에 관한 큰 연구 업적을 남겼다. 2015년에 세상을 떠나셨다.

고교 시절부터
마음에 품고 살아온

아버지 같은 어른이었다

2015년 4월 18일 고교 은사 전신재 선생님이 돌아가셨다는 연락이 왔다. 가슴이 덜컥하고 내려앉았다. 고교 시절부터 마음에 품고 살아온 아버지 같은 어른이었다. 전화로 소식을 전하던 친구는 어린 소년처럼 울먹였다.

고교 1학년 때인 1979년부터 세상을 뜨시기 직전까지 줄곧 만나 뵈었으니, 우리가 그분을 스승으로 모신 것은 35년 세월을 헤아린다. 서울 양정고 30기(65회) 문예반 제자들인 우리는 학교를 졸업하고도 1년에 서너 차례씩 선생님을 찾아갔다. 우리가 졸업할 때 선생님도 양정고를 떠나 몇 년 후 한림대 교수로 부임하셨다. 우리는 좋아라 하며 춘천으로 내려갔다. 입대한다고, 휴가 나왔다고, 취직했다고, 결혼한다고, 아이 낳았다고, 유학 간다고, 외국에 주재원으로 나간다고 보고 드리러 갔다. 새해라고, 스승의 날이라고, 휴가철이라고 찾아가기도 했다. 이유가 있어서 간 것이 아니라, 일단 가면 이유는 저절로 만들어졌다.

어릴 때나 나이 들어서나 선생님을 만나러 가는 것이 좋았다. "제자들이 온다고 하면 선생님이 마음 설레며 기다리셨다"고 사모님이 전해주셨다. 선생님도 우리와 같은 마음이었으니, 제자들과의 만남이 35년이 넘도록 지속되었을 것이다.

선생님은 문예반 지도 교사로서 처음 어린 제자들을 만나, 평생 지도 교사가 되어주셨다. 우리는 그런 스승을 모시고 산다는 사실을 늘 뿌듯해하고 자랑스러워했다. 선생님은 우리가 10대 어린 학생이었을 때나, 50대 장년이 되었을 때나 한결같이 대해주셨다.

내가 캐나다에 살러 와서 잘 도착했다고 편지를 드렸더니 바로 답장을 보내주셨다. 짧은 편지에서도 선생님의 성품이 그대로 드러난다.

이메일 반갑게 잘 받았다. 가족들 다 잘 있다니 고맙고 큰 아이 적응 잘하고 있다니 더욱 고맙다. 새로운 환경에서 새로운 삶을 개척하는 고난을 겪겠지만, 그것을 거름 삼아 보람 있는 삶을 세워나가기 바란다. 늘 긴장하고 있으면서 정성을 다하면, 그리고 넓게 생각하고 멀리 보면 시행착오를 줄일 수 있을 것이다. (……) 새해에는 꾸준한 발전이 있기를 바란다.

고등학교에 입학한 직후인 3월 중순이었다. 함께 버스를 탄 2학년 선배가 나를 보더니 다짜고짜 문예반에 들어오라고 했다. 이런 것을 운명의 장난이라고 하는 모양이다. 그때만 해도 나는 문학이나 문예반 같은 데 별로 관심이 없었다. 중학교 때 도서반을 해서 다른 아이들보다는 책을 접할 기회가 조금 더 있었을 뿐이다. 처음 보는 선배가 나에게 문예반에 들어오라고 권유한 것도 신기한 일이고, 낯가림이 심했던 내가 선뜻 응한 것은 더 신기한 일이다. 정작 나를 들어오라고 했던 그 선배는 얼마 지나지 않아 문예반에서 보이지 않았다.

너희들은

복 터진 줄
알아라

우리 학년에서 모두 여섯 명이 모였다. 서클이라고 신입생 환영회 같은 것을 했다. 짜장면집에서 선배들이 우리를 불러모았다. 3학년 문예반장이 말했다. "전신재 선생님이 올해 문예반을 맡으셨다는데…… 너희들은 복 터진 줄 알아라." 우리는 당연히 그 말뜻을 이해하지 못했다. 그 말을 한 선배도 그때는 당연히 몰랐을 것이다. 우리가 평생을 스승 복 터지게 살게 될 줄을 말이다. 선생님은 문예반을 2년 동안 맡으셨는데, 신입생으로 맞은 우리 동기들과 각별하게 지내셨다.

문예반 신입생들은 토요일 오후에 전 선생님을 처음 만났다. 선생님은 고3 국어를 담당한다고, 서클 지도 교사는 십수 년 만에 맡는 것이라고 당신을 소개하셨다. 선생님을 처음 뵈었을 때 누구와 많이 닮았다는 생각이 들었다. 당시 형과 같이 쓰던 방에 시집들이 굴러다녔는데, 한 시집의 표지 인물과 느낌이 비슷했다. 『거대한 뿌리』의 김수영 시인이었다.

선생님에 관해서 어린 내 눈에 퍽 인상적으로 들어온 것이 하나 있었다. 선생님은 우리를 쳐다보는 대신 주로 카드를 보고 말씀하셨다. 우리를 똑바로 보거나 내려 보고 말씀하시는 것이 아니어서 엄하고 무섭다는 느낌은 들지 않았다. 말씀도 조용하게 하셨다. 부드럽고 따뜻해 보이는 분이었다. 카드를 한 장씩 넘겨가며 조용히 말씀하시는 모습은 선생님을 기억할 때 가장 먼저 떠오르는 장면이다. 고3 때 교실에서 만났을 때도 그랬고, 한림대에서 강의하실 때도 그러셨을 것이다. 나중에 민속학 학술대회에서 뵈었을 때 선생님은 예전의 바로 그 모습으로 발표를 하셨다.

우리가 입학한 지 두 달쯤 지났을 무렵 선생님은 문예반 1. 2학년은 한 명도 빠지지 말고 상담실에 모이라고 하셨다. 당시 선생님 자리는 상담실에 있었고, 문예반은 상담실을 서클실로 사용했다. 선생님은 역시 카드를 보며 말씀하셨다.

"내가 너희들과 그동안 지낸 소감을 말할게. 너희들은 너무 건방지다."

음성은 낮고 차분했다. 서클 활동을 그저 노는 것으로 여기며 시간과 과제 약속을 잘 지키지 않은 것에 대한 지적이었다. 우리는 모두 고개를 푹 숙였다. 무서워서 숨소리조차 내지 못했다. 우리더러 "복 터진 줄 알아라"라고 했던 선배는 그 말을 전해 듣더니 "전 선생이 그런 말씀을 하셨다니 믿을 수가 없다"고 말했다.

그날 이후 선생님이 다시 그런 말씀을 하시거나 화를 내시는 모습은 한 번도 보지 못했다. 문예반의 분위기는 금세 달라졌다. 문예반의 평소 활동은 습작과 합평회, 문학 발표회, 교지 편집 등으로 이루어졌다. 전 선생님이 문예반을 맡으면서 '공동 연구'라는 것이 하나 더 추가되었다. 우리는 문예반 경험이 처음이니, 당연히 해야 할 공부인 줄 알았다. 선생님은 공동 연구 과제를 우리 학년한테만 내주셨다. 아마도 대학 입시 부담이 좀 덜해서 그랬을 것이다.

양정고는 인문계치고는 매우 특이한 고등학교였다. 물론 대학 입시 준비를 가장 중요시했으나, 교실 바깥 행사 및 과외 활동이 공부 때문에 위축되는 법은 없었다. 배재고와 해마다 치르는 정기 양배전을 위해 한 달이 넘도록 응원 연습을 해야 했다. 응원 연습을 하는 동안에는 오전 수업만 했다.

양정고보 5학년생 손기정 선수가 베를린올림픽 마라톤에서 우승한 것을 기념하여, 우리는 해마다 삼송리에 가서 10km 단축 마라톤을 뛰어야 했다. 손기정 할아버지가 와서 손수 출발 총성을 울려도, 우리는 감동하지 않았다. 너무 힘이 들어서 그랬다(그때 했던 달리기가 얼마나 힘들고 지겨웠던지, 대학에 들어와 남들 다 뛰는 4·18 마라톤대회에는 한 번도 나가지 않았다). 뛰지 않고 걸어도 안 되었다. 뒤에서 체육 선생들이 몽둥이를 휘두르며 우리 뒤를 따라왔다. 대학 입시를 한 달 앞둔 고3생도 열외는 아니었다. 뛰다가 낙오되어 트럭을 타고 오는 한이 있더라도 뛰어야 했다. 안 뛰면 졸업을 시키지 않았다.

학교 행사나 왕성한 과외 활동으로 보아서는 양정고는 일반 인문계 고교 같지가 않았다. 특히 서클 활동이 볼 만했다. 참 이상한 것은, 우리가 입학했을 때 담임 선생님들의 태도였다. 담임들은 거의 예외 없이 서클 활동을 하지 말라고 했다. 상업 과목 교사인 우리 담임은 너무나 노골적으로 말해서 지금도 그 내용과 말투가 그대로 기억난다.

"서클 가입하지 마라, 대학 못 간다. 여학생 만나지 마라, 벌써부터 엉덩이 흔들고 다니는 계집애들 별 볼 일 없다."

서클에 대한 담임들의 태도보다 더 이상한 것은 서클에 대한 학생들의 태도였다. 신입생으로서 서클 하지 말라는 소리를 여러 차례 들었는데도, 한 학기가 지나고 보니 서클 활동을 하지 않는 아이들이 거의 없었다. 하지 말라고 하니 기를 쓰고 한 것이 아닌가 하는 생각이 들 정도였다.

서클도 많고 다양했다. 학교에 등록할 수 없는 폭력 서클도 여럿이었고, 일부러 등록하지 않는 '범생이 서클'도 몇 개 존재했다. 문예반은 방송반, 신문반, 도서반, 합창반, 미술반, 화학반, 생물반, 펜팔반, 밴드부, 역도부 등과 더불어 전통을 자랑하는 등록 서클이었다.

서클과 관련해 또 놀라운 것이 하나 있는데, 학교에 등록한 서클에는 모두 지도 교사가 있었다는 사실이다. 지도 교사들은 대부분 제자들과 소통이 잘 되는 실력파들이었다. 우리 담임은 당연히 서클을 맡지 않았고, 그분이 맡을 만한 서클도 없었다.

서클들은 10월 초 각종 전시회와 발표회를 여는 이틀간의 축제에 역량을 집중했다. 봄부터 준비해온 것들을 '월계'(손기정 선수가 베를린올림픽 마라톤 우승 기념으로 가져온 월계수가 강당 앞 교정에서 있었다. 시상식 때 들고 있었던 바로 그 묘목이라고 했다)라는 이름의 축제에 쏟아부었다. 교정에서 여학생, 아니 여자를 볼 수 있는 유일한 기간이었다. 학교에 여학생들이 돌아다니는 것이 신기했다. 우리 학교에는 '양호 할머니'라 불리는 양호 선생님이 유일한 여성이었다. 그러니 아이들은 축제 기간에 많이 들떴다.

월계 축제는 방송제로 시작해 문학 발표회로 끝났다. 재미있는 방송제에 청중이 몰리는 것은 이해가 되는 일인데, 시와 산문을 낭송하는 하품 나는 문학의 밤에 청중 수백 명이 찾아오는 것은 납득이 되지 않는 일이었다. 선배들의 명령으로 여고 앞을 돌아다니며 열심히 포스터를 붙이기는 했으나 그렇게 많이 올 줄은 몰랐다. 시 낭송을 끝내자 얼굴도 모르는 여학생이 꽃다발을 들고 올라와 기겁하기도 했다. 3학년 선배들이 마련한 '서프라이즈'였다.

우리가 발표한 시를 당시 서울대 국문과 교수였던 정한모 시인이 와서 강평해주신 것도 우리로서는 정말 놀랍고 자랑스러운 일이었다. 그전에는 작고하신 박목월 선생이 오셨다고 했다. 졸업한 선배들의 지도를 받아 작품을 고르고 낭송 연습하는 과정부터, 짜장면집에서의 뒤풀이까지 모든 것이 정말 신기하고 신나는 일이었다.

第21回 月桂文學發表會

1980년 가을 문학발표회를 끝내고 전신재 선생님(왼쪽에서 두 번째)과
문예반원, 졸업생 선배들이 함께 찍은 기념 사진이다.

2학년 가을 문학 발표회를 앞두고 문예반에서 큰 사건이 발생했다.

다름 아닌 1980년이니 우리 현대사에서 가장 어지러운 시국이었다. 5월에는 신촌에서 넘어오는 대학생 데모대를 학교 앞 만리동 고개에서 볼 수 있었다. 그들은 "계엄 철폐" "독재 타도"를 외치며 어깨동무를 하고 서울역 쪽으로 내달았다. 나는 우리 형도 저기 있겠거니 했다.

그즈음 서울대 박사 과정에서 공부하던 젊은 생물 선생님이 팔에 깁스를 하고 교실에 나타났다. 기숙사에서 자고 있는데 한밤중에 들이닥친 군인들에게 영문도 모른 채 두들겨 맞았다고 말했다. "말도 마라. 그래도 나는 화장실로 도망가서 이 정도지, 밖에서 맞은 사람들은 터지고 깨지고 난리가 아니었다. 많이 끌려가기도 했다."

여름에는 갑자기 대입 본고사가 폐지되더니, 곧이어 우리 학교 신문인 『월계수양정』이 폐간되었다는 소식이 들렸다. 민주화를 요구하는 글이 실렸던 모양이다. 당시 신군부에 의해 폐간된 유일한 고교 신문이었다. 돌이켜 생각하면 신군부가 고교 신문까지 검열했다는 사실이 놀라울 따름이다. 신문반을 맡았던 젊은 국어 선생님은 수업 시간에 『월계수양정』이 『창작과비평』 『문학과지성』 『뿌리깊은나무』 등과 함께 폐간되었다는 사실을 두고 자랑스러워했다. 어떤 아이가 말했다. "선데이서울은 왜 빼는 겁니까?"

우리 동기 중에는 이런 소리 잘하는 '괴물'들이 더러 있었다. 진중권도 그중 한 명이었다. 5월 해인사 수학여행 중 캠프파이어를 하고 돌아오는 길에 "계엄 철폐" "독재 타도" 같은 구호가 터져 나왔다. 캄캄한 산길에서였다. 선생님들은 혼비백산했다. 어떤 선생님은 말했다. "차라리 다른 학교하고 패싸움을 해라. 그게 낫겠다."

두어 번 외친 구호 때문인지, 그날 밤 선생님들은 순시를 돌지 않았다. 그 전날 경주에서는 선생님들이 우리 방으로 너무 자주 올라오는 바람에 우리끼리 좋은 시간을 보내는 데 지장이 많았다. 범생이 축에 속하던 나도 두들겨 맞았다. 술을 먹었다고 맞은 게 아니었다. 안 먹었다고 거짓말한다고 맞았다.

어린 제자들에
대한

믿음과 배포

　　고등학교조차도 그렇게 긴장하게 만들었던 1980
년 가을, 문예반에서 큰 사달이 발생했다. 문학 발표회를 몇 시간
앞두고 최종 낭송 연습을 하는 교실로 우리 학년 문예반장 윤태일
이 우는 얼굴을 하고 들어왔다. 인쇄한 작품집을 찾아오다가 어느
선생님한테 그것을 보이게 되었는데, 교무실까지 끌려갔다 오는
길이라고 했다. 우리 작품집 때문에 학교가 발칵 뒤집혔다는 것이
다. 그 당시를 생각하면 그럴 만도 했다.

　예년에는 문학의 밤 작품집을 발간하면서 '월계문학'이라는 이
름을 붙였다. 그런데 그해만은 제목을 따로 정했다. 제목은 '조기
(弔旗)'였고, 시인으로 등단한 안도현(필명 안찬수)이 발간사를 시
로 썼다. '친구여, 민주주의가 올 때까지 창공에 조기를 내걸자'
같은 내용이었다. 당시 대학생 형 누나에게서 영향을 받았는지 도

현이와 이석주가 시국에 특히 예민하게 반응할 때였다. 나는 대학생 형한테서 별로 영향받은 바 없었다. 형은 5월 이후 수배도 안 된 주제에 시골 고향으로 '잠수'를 타는(놀러 가는) 바람에 어머니가 애를 끓였다. 그러니 나는 영향을 받고 자시고 할 것도 없었다.

전신재 선생님이 교장실로 불려갔다고 했다. 정세를 살펴보겠다며 교장실에 다녀온 이석주는 두고두고 말했다. "와, 빨간 카펫도 깔리고 교장실이 졸라 화려하더라. 근데 전 선생은 어쩌면 그러냐. 타잔(교장 별명)한테 그렇게 일방적으로 당하면서도 아무 말 안하고 견디시더라고. 우리 선생님, 참을성 하나는 정말 끝내주더라."

우리는 문학 발표회가 당연히 취소되는 줄 알았다. 낭송을 연습하던 교실은 폭탄을 맞고 울음바다가 되어버렸다. 전 선생님은 우리가 모인 교실에 와서 뜻밖의 말씀을 하셨다. 말투는 평소와 다를 바 없이 조용했다.

"다른 생각 하지 말고 오늘 발표회를 최선을 다해서 해라."

선생님은 작품집의 표지와 서문을 찢어내고 그 위에 흰색 도화지를 붙여 표지를 새로 만들라고 하셨다. 새로운 표지에는 안도현이 굵은 글씨로 '월계문학'이라고 썼다. 표지와 서문을 뜯어내면서 도현이는 눈시울을 붉혔다. 그러지 말라고 위로하는 나에게는 "어떻게 안 울 수가 있냐"며 붉은 눈을 부라렸다.

무슨 소문이 어떻게 돌았는지, 그날따라 문학 발표회에는 전해보다 훨씬 많은 청중이 몰려들었다. 교실 두 개를 터서 만든 행사장은 빈틈없이 들어찼다. 복도에서 까치발을 해가며 안을 들여다

보는 사람도 있었다. 우리는 그날 행사를 열심히 잘 치러냈다. 뛴 것도 아닌데 땀으로 옷이 젖을 정도였다. 그날 강평자로 왔던 문예반 선배 조정권 시인이 "잘했다"고 칭찬을 많이 해주었다.

이튿날 아침 조회 시간에 우리 담임이 알은척을 했다. "우리 반에 문예반 있지? 어제 그렇게 잘했다며?" 1학년 때 담임과 마찬가지로 평소 서클 활동에 대해 반감을 가진 선생이었다. 문학의 밤이 교무실에서 어떤 평가를 받았는지, 우리는 이런 경로를 통해 확인할 수 있었다.

이와 관련해 나중에 들은 이야기가 있다. 교장은 4면짜리 고교 신문까지 폐간되는 마당인데, 수백 명이 모이는 문학 발표회는 더 큰 문제를 만들 수 있으니 행사를 취소하라고 했다. 전 선생님은 강경한 교장을 오랫동안 설득했다.

"여름부터 아이들이 정성을 다해 준비해왔다. 초대장을 들고 오는 다른 학교 학생들도 많다. 문제가 생기면 내가 전부 책임지겠다."

문제가 발생했을 때, 당시 삼엄한 시국 분위기를 감안하면 지도 교사가 사표를 내는 정도로 끝날 일이 아니었다. 무대에 선 어린 제자들이 한마디만 삐끗 잘못하면 지도 교사가 모처로 끌려가 고초를 겪을 수도 있는 시절이었다. 제자들에 대한 선생님의 믿음과 배포가 없다면 생각조차 할 수 없는 일이었다.

선생님은 학생들이 중심이 되어 진행하는 문예반의 전통적인 행사에 대해서는 이렇게 지원을 하며 울타리가 되어주셨다. 문예반 지도 교사로서 선생님이 새로 기획하신 일은 따로 있었다. 가장 중요한 일은 교지 편집이었다. 물론 형식적으로야 문예반원들이 편집하는 것으로 되어 있으나, 실상은 기획부터 인쇄까지 모든 일은 지도 교사의 몫이었다. 우리는 선생님을 도와드렸을 뿐이다.

전 선생님은 교지에 게재할 것을 염두에 두고 우리에게 공동 연구를 하도록 지도하셨다. 대학 입시와는 전혀 상관없는 '진짜 공부'였다. 1980년 1월 12일자로 발행된 교지 『양정』 제42호의 편집 후기에는 이렇게 적혀 있다.

우리는 학년 초부터 서정주와 채만식을 연구의 대상으로 삼고, 공동으로 여러 가지 작업을 벌여왔다. 이제 여기에 그중 『태평천하』에 관한 연구만을 정리 게재했다. 막상 정리해놓고 보니 여러 가지로 부족한 점이 발견되기도 하지만 고등학교 1학년 학생들인 우리로서는 자부심을 가진다.(윤태일)

선생님은 1년짜리 공동 연구를 기획해 우리를 이끄셨다. 문학 작품을 읽되 독서 토론에 그치는 것이 아니라, 개인 연구 차원에 이르도록 했다. 우리는 각자 자기 연구 주제를 가지고 글을 쓰고 교지에 게재했다.

그 과정에서 작품을 분석하고, 참고문헌을 찾고, 주제를 잡는 방법 등을 배울 수 있었다. 고교 1년생인 우리에게는 당연히 벅찬 일일 수밖에 없었다. 그러나 선생님이 만든 체계적인 프로그램에 따라 결과물을 만들어낼 수 있었다. 나는 이름도 잘 모르던 소설가 채만식의 작품들을 그때 모두 읽었다. 풍자, 해학, 골계에 대해 배우고, 판소리 이야기도 곁들여 들은 것 같다.

2학년이 되자 선생님은 '원형비평'을 공부하자고 하셨다. 한국 문학에 나타난 불의 이미지를 분석하는 공부였다. 원형비평이라는 용어부터 낯설었다. 교지 편집 후기는 또 이렇게 적고 있는데, 작성자 이름은 없으나 이런 글은 윤태일이 잘 썼다.

올해는 문예반 공동 연구로 '불, 그 원초적 이미지'란 제목으로 불에 관한 원형비평을 실었다. 많은 어려움이 있었으나 전신재 선생님과 서인석 선생님의 도움으로 이렇게 자그마한 결실을 보게 되었음에 감사드린다. 앞으로도 공동 연구가 문예반의 작업으로 계속 이어졌으면 한다.

이번에도 우리는 선생님이 이끄는 대로 책을 읽고 토론했다. 1년 전과 다른 점은 각자 작품을 정해 글을 썼다는 것이다. 나는 최서해의 「홍염」을 선택했다. 내 글이 교지에 실리는 맛을 한번 본 터여서 어려워도 열심히 따라갔다. 바슐라르의 『촛불의 미학』 같은 책을 구해 읽었으나 무슨 말인지 이해하기 어려웠다. 읽기와 쓰기의 어려움을 토로할 때마다 선생님은 격려하셨다. "어렵다고 포기하지 말고 자꾸자꾸 해보도록 해라. 하다 보면 차차 쉬워진다."

고교생들의 작업이니 수준을 논하기는 어려울 것이다. 우리는 작품을 읽는 방법을 배웠고 문학 이론의 맛을 조금 보았다. 칼 융이니, 바슐라르니, 프레이저 같은 이름을 들었고 김현, 김화영, 곽광수, 김치수 같은 우리나라 불문학자들도 그때 처음 알았다. 문예반에서 한 공부 때문에 나는 대학 전공을 불문학으로 정했다. 무엇을 알거나 무엇이 좋아서 그랬던 것이 아니고, 문학을 공부하려면 당연히 불문학을 전공해야 하는 줄 알았다.

교지 편집을 하면서도 나는 많은 것을 배우고 익혔다. 대학과 대학원, 그리고 기자 생활을 할 때도 그때 익혔던 기본기와 실무 경험을 밑거름으로 삼을 수 있었다.

우리가 고교 1. 2학년 때 편집에 참여한 '양정 교지' 두 권은 캐나다 이민 가방에까지 넣어 왔다. 1980년과 1981년 2월에 각각 나온 것들이다. 그 구성과 내용이 지금 보아도 연간 잡지로서 손색이 없다. 전 선생님이 편집장이 되어 기획과 구성, 편집 모두 다 하셨으니 선생님 특유의 반듯하고 정갈한 성품이 거기에 그대로 녹아 있다.

선생님은 1학년 여름 무렵 원고 청탁서라며 노란 봉투를 하나 주셨다. 류달영 서울대 명예교수가 양정 선배인데, 찾아뵙고 전해 드리라고 하셨다. 서울대 명예교수, 양정 선배라는 것 외에는 다른 정보가 없었다. 내가 알아서 찾아가야 했다. 나는 학교 앞 공중전화 부스에서 전화번호부를 뒤졌다. 전화를 드리고 약속을 하고 여의도 시범아파트로 찾아갔다. 나중에 원고를 받아오는 일도 내 몫이었다.

그때 나는 원고 청탁서라는 것을 처음 보았다. 선생님은 예를 갖추어 청탁서를 쓰는 법과 필자를 찾아내는 방법까지 우리에게 가르치려고 하신 것 같았다.

대담자로 선정한 선배를 찾는 일도 내 몫이었다. 선생님은 당시 사법연수원에 있다는 선배를 찾아오라고 했다. 달랑 몇 년도 졸업생 누구라는 정보만 주셨다. 나는 교무실에 가서 학적부에 있는 주소를 들고 신길동으로 찾아갔다. 그 선배는 같은 집에 살고 있었다. 그때는 "전신재 선생님이 학교로 전화해달래요"라는 말만 전했다. 주소로 편지하거나 전화번호를 확인할 수 있었을 텐데도, 선생님이 우리를 직접 보내신 이유를 생각했다. 사람을 찾아 이렇게 메시지를 전하는 것도 공부였다.

원고 청탁서를 들고 양정 선배인 홍일식 고려대 교수를 찾아간 일도 기억에 남는다. 나는 초겨울 대학 캠퍼스 풍경에 압도당했다. 돌로 지은 웅장한 건물들이 눈에 덮여 있었다. 나로서는 옛 중앙청, 시청 말고는 처음 보는 아주 오래된 돌 건물이었다. 신촌의 대학 외에 다른 대학 캠퍼스를 본 것은 그때가 처음이었다. 형들 때문에 신촌 쪽만 바라보던 나는 '여기 와도 좋겠다'는 생각을 처음으로 했다.

겨울에 우리는 상담실에 모여 교정을 봤고, 인쇄소에도 찾아갔다. 붉은색 펜으로 교정 보는 방법을 배웠다. 짜장면 맛이 그때만큼 좋은 적이 없었다.

교지 편집 후기 아래에는 문예반원 명단과 지도 교사 이름이 나란히 적혀 있다. 중학교 국어 교사로서 편집 작업을 도왔던 고재석 선생님이 전신재 선생님 앞에 나온다. 교지 편집은 전 선생님이 도맡아 했는데도 말이다. 이 작은 일 하나에서도 선생님의 겸허한 성품을 읽어낼 수 있었다. 나중에 기자로 일할 때, 누구 이름을 앞에 넣느냐를 두고 기자들끼리 아웅다웅하는 하는 모습을 더러 보았다. 나는 그 모습을 지켜보면서 전 선생님을 생각했다.

선생님은 우리에게 학과 공부에 대한 말씀은 하지 않으셨다. 우리의 공부에 대해서는 별로 관심이 없으신 줄 알았는데 그게 아니었다. 문예반 선배들이 대학 입시에서 고득점 받은 사실을 전하면서 많이 기뻐하셨다. 이번에 "○○이가 몇 점을 받았대" 하면서. 그 말씀을 듣고 관심이 없는 것이 아니라 말씀을 안하셨다는 사실을 처음 알았다.

또 한번은 어떤 선생님 이야기라며 전해주셨다. "○○ 선생이 휘문고를 나와서 D대 국문과를 졸업했거든. 그 대학 국문과는 예전부터 꽤 알아주는 곳이야. 그런데 그 선생이 많이 아쉬워하더라고. 사회에 나오니 잘 알아주지 않는다고." 공부 열심히 하라는 이야기를 선생님은 이런 식으로 말씀하셨다. 나중에 내가 기자가 되어 그 대학 국문과 교수로 부임한 ○○ 선생을 만날 기회가 있었다. "그런 말 하셨다면서요? 지금도 같은 생각이세요?"라고 물었다. 선생은 "전 선생이 지어내신 말씀 같은데?"라며 크게 웃었다.

고3을 한 달 앞두고 홍제동에 있는 선생님 댁을 처음으로 찾아갔다. 선생님 내외분은 외출 중이셨다. 바깥 약속이 길어졌던지

두 분은 예정보다 늦게 돌아오셨다. 우리는 들고 간 사과 한 상자를 다 깎아 먹으며 거실 겸 서재에서 놀았다. 벽을 가득 채운 책장이 눈에 들어왔다. 맨 위에 계간지가 빼곡하게 꽂혀 있던 것이 퍽 인상적이었다. 『창작과비평』『문학과지성』이 창간호부터 빠짐없이 꽂혀 있었다.

3학년에 올라가면서 우리는 문예반 활동을 더 이상 하지 않았다. 전 선생님도 지도 교사를 그만두셨다. 우리는 국어 시간에 교실에서 선생님을 처음 만났다. 교실에서도 선생님은 한결같았다. 카드를 보면서 조용한 목소리로 수업을 진행하셨다. 선생님은 3학년 학생들 사이에서도 특별한 존재로 꼽혔다. 교사가 학생들을 때리는 일이 흔한 시절이었다. 전 선생님은 매는 고사하고 언성조차 높이지 않으셨다. 그런 선생님 앞에서 불손하게 구는 제자는 없었다. 국어 시간은 언제나 조용했다. 학생이 책상 위에 엎드려 잠을 자도 선생님은 한참을 그냥 두셨다. 그러고는 곁에 가서 어깨를 흔들며 말씀하셨다. "많이 잤어. 이제 그만 일어나."

우리 학교 고3의 국어 성적은 세계사와 더불어 전국 최상위권이었다. 두 과목 선생님 모두 제자들에게 사랑을 받는 분들이었다.

전신재 선생님과의 관계를 알았던지, 우리에 관해 상의할 일이 생기면 담임들이 전 선생님께 도움을 청했다. "○○이를 나한테 설득하라고 한다"고 선생님이 약간 곤혹스러워하신 적이 있었다. ○○이는 고득점을 받고도 S대가 아닌 K대를 가겠다고 고집부리던 문예반 1년 선배였다.

고3 때 내가 문예반장 윤태일과 함께 문학 발표회의 장소를 논의하는 자리에 참석한 적이 있었다. 말다툼을 하다가 너무 화가 나는 바람에 내가 기절을 했고, 병원에 실려 갔다. 창피해서 담임에게는 병원에 실려 간 이유를 말하고 싶지 않았다. 답답해하던 담임은 결국 전 선생님께 알아봐달라고 요청했고 나는 선생님께 불려갔다. "무슨 일이니?"라는 말씀에 나는 사실을 털어놓을 수밖에 없었다. 우리한테는 이렇게 전 선생님이 특별한 담임이었다.

전신재 선생님과 동기 여섯 명으로 시작된 우리의 모임은, 우리가 가정을 꾸리고 나중에 사모님이 합류하시면서
이렇게 큰 가족 모임으로 발전했다. 내가 캐나다 이민을 오기 직전에 가졌던 송별 모임.

머리가 허연 사람도

소년 같은
꿈을 가져야

　　　　선생님은 우리가 졸업할 때 양정고를 함께 떠나
셨다. 우리는 대학에 갔고, 선생님은 대학원으로 가셨다. 친구 여
섯 명은 여러 대학과 재수 학원으로 흩어졌으나, 우리는 한 달에
한 번꼴로 만났다. 기회만 생기면 우리는 선생님을 자주 찾아갔
다. 가야 하는 줄 알았고, 가면 좋았다.

　시간이 흐르면서 우리는 입대하고 제대하고, 졸업하고 취직했
다. 선생님은 고향 춘천의 한림대 국어국문학과 교수로 부임하셨
다. 우리는 결혼할 사람이 생기면 선생님께 먼저 인사를 시켰고
주례를 부탁드렸다. 모임에 사모님이 나오셨고, 우리가 가정을 꾸
리면서 아내들이 합류했다. 나중에는 아이들이 모임의 새로운 멤
버가 되었다.

　어른을 모신 술자리는 어렵기 마련이지만 전 선생님은 예외였

다. 선생님과 함께하는 자리는 늘 즐거웠다. 선생님은 우리가 직장에서 겪은 일이나 고민을 말씀드리면 "응, 그랬어?" 하며 잘 들어주셨다. 선생님은 여전히 말씀이 적으셨다. 선생님은 경쟁하듯 말을 많이 하는 우리를 재미있어하며 지켜보셨다. 진명구는 말이 많았고 김기덕은 재미있게 말했다.

선생님 앞에서 우리는 고교 시절 문예반 모임을 할 때처럼 지나치게 진지하기도 했고, 중년이 되어서도 어린 고교생처럼 까불고 놀았다. 너무 까불어서 아내들한테 야단을 맞기도 했다. 선생님은 그런 우리를 보고 "허허" 하고 소리 내어 웃으셨다. 내가 이민을 온 후, 나를 제외한 친구들은 베트남에 주재원으로 가 있던 이석주를 만나러 갔다. 우리 친구들끼리 함께 가는 첫번째 해외여행이라 당연히 선생님을 모시고 갔다.

선생님은 소주를 퍽 즐기셨다. 술자리에서 우리 모두 취해도 선생님은 한 번도 흐트러진 모습을 보이지 않으셨다. 술자리의 시작과 끝이 한결같으셨다. 선생님이 취한 모습을 보이신 적이 한 번 있었다. 우리 가족이 캐나다로 이민 오기 직전 선생님 내외분을 비롯한 '문예반 패밀리' 전원(미국 유학 중이던 윤태일 가족은 빼고)이 소래 포구에서 1박 2일 송별 모임을 가졌다. 선생님은 그날만은 많이 취하셨다.

캐나다 이민을 오기 직전 선생님은 내게 이런 말씀을 하셨다. "외국에 나가 살더라도 글을 계속 쓰도록 해라." 나는 창작하는 사람이 아닌데, 어떤 글을 말씀하시나 싶었다. 캐나다에 나와 살면서 비로소 말씀의 뜻을 알게 되었다. 잡문이나마 글을 쓴다는 것은 그 자체만으로도 나에게 큰 힘이자 위로가 되었다. 낯선 땅에서 힘겹고 외로운 시간을 보내고 있을 때, 글쓰기는 그 시간을 견디게 해주었다. 매체에 기고도 하고, 문학상에 응모해서 당선되는 기쁨을 누리기도 했다. 글들은 묶여서 책이 되었다. 나는 글을 쓰거나 책을 새로 낼 때마다 선생님의 그 말씀을 떠올렸다.

선생님은 항상 제자들에게 '맞춤형 말씀'을 들려주셨다. 나이를 먹어가면서 우리가 새겨들어야 할 구체적인 말씀이었다. 선생님은 때로 그것을 '종례'라고 부르셨다. 우리가 50대에 접어들 무렵 우리의 인터넷 모임 공간에 선생님은 종례 말씀을 글로 적어주셨다.

양문 산악회(친구들의 모임 이름) 회원을 위한 종례이다. 나이와 관계없이 꿈을 가지고 그 꿈을 실현하도록 노력하는 삶을 살기 바란다. 꿈은 소년 시절에만 꾸는 것이 아니다. 현대는 2모작, 3모작을 하는 시대이니 머리가 허연 사람도 소년 같은 꿈을 가져야 한다. 인생을 길게 보면서 꿈을 실현하기 바란다. 나는 29세 때에 언덕 위에 하얀 집을 짓고 살려는 꿈을 가지고 있었다. 그리고 71세에 금병산 자락에 금병서실을 지었다.

인생을 즐겁게 살기 바란다. 공자가 말씀하시기를 아는 것은 좋아하는 것만 같지 못하고, 좋아하는 것은 즐기는 것만 같지 못하다고 하였다. 자기가 하는 일을 즐기면서 사는 사람이 높은 질의 삶을 사는 사람이다. 똑같은 일을 하면서 어떤 사람은 가족의 생계를 위해서 내가 하기 싫은 일을 한다고 생각하고, 어떤 사람은 나의 적성에 맞는 일을 하면서 사니 행복하다고 생각한다. 어떤 사람은 자기에게 즐거움을 줄 수 있는 일을 찾아 헤매고, 어떤 사람은 자기가 하는 일에서 즐거움을 찾는다. 금년은 갑오년 말의 해이다. 말은 생동감 넘치는 양기의 상징이다. 올해는 말처럼 살자.

구비문학을 전공한 선생님은 고향인 강원도와 춘천을 유독 사랑하셨다. 한림대 국문과 제자들과 해마다 채록 답사를 떠나 '강원도 아라리'를 기록하고 연구해 오셨다. 고향이 춘천인 김유정에 대한 애정과 연구도 각별해서 『원본 김유정 전집』(강)을 네번째 판까지 펴내시기도 했다.

나는 한국 방문 중에 선생님을 뵈러 금병서실을 두 번 찾아갔었다. 천장이 높은 근사한 갤러리 같았다. 서가도 높아 서실 안에 사다리가 놓여 있었다. 벽들은 책으로 둘러싸였고 김유정 문학촌이 멀리 바라다보이는 창문 앞에 책상이 놓여 있었다. 선생님이 사용하시는 비품이라고는 책걸상과 탁자 하나가 전부였다.

선생님이 좋아하시는 시인 백석의 표현을 빌리면, 서실은 "부드럽고 수수하고 슴슴한" "그지없이 고담하고 소박한"(「국수」) 선생님 성품을 그대로 닮았다. 사모님에 따르면, 선생님은 서실에 선풍기 하나도 놓지 못하게 하셨다. 서실 바깥마당에서 고기를 굽는 일도 금하셨다. "서실은 먹고 노는 곳이 아니라 공부하는 곳이다"

2015년 여름 선생님의 금병서실에 세 번째 찾아갔을 때 선생님은 계시지 않았다. 그해 봄에 돌아가시는 바람에 나는 사진과 책으로 선생님을 만나 뵈었다.

라고 말씀하셨다고 했다.

선생님은 우리를 서실로 불러 이야기하면서 그 어느 곳에서보다 즐거워하셨다. 어떻게 지내시냐고 했더니 말씀하셨다. "정년퇴임을 하고 나니 좋은 게 있어. 다른 일 안하고 책만 볼 수 있잖아." 제자들은 서실에서 선생님과 늦게까지 이야기하다가 잠을 잤다.

안타깝게도 선생님이 서실을 누린 기간은 4년밖에 되지 않았다. 암 수술을 받은 후 그사이에 못다 한 공부를 더 열심히 하시는 바람에 건강을 해치게 되었다고 사모님은 전하셨다.

2015년 여름 한국 방문 길에 선생님이 계시지 않은 금병서실을 다시 찾았다. 선생님이 쓰시던 책상 위에 컴퓨터가 그대로 놓여 있었다. 한림대에서 가르치는 문예반 친구 윤태일 교수와 함께 컴퓨터를 켜보았다. 선생님은 병원에 마지막으로 입원하시기 전날까지 원고를 정리하셨다고 했다. 컴퓨터 안에는 세상에 내놓지 않은 원고들이 잔뜩 들어 있었다.

선생님의 연구실인 금병서실 문패(위)와 마당에 피어 있는 꽃(아래)

안병찬 선생님

1962년 한국일보 견습기자 13기로 기자 생활을 시작해, 한국일보·중앙일보 사회부 기자 및 시경 캡을 거쳐, 한국일보 사이공특파원·파리특파원을 역임했다. 1989년 10월에 창간한 『시사저널』을 진두지휘하며 한국에 시사주간지의 새로운 지평을 열었다. 경원대 신방과 교수와 대학원장을 지 냈으며, 지금은 연구와 집필에 전념하고 있다.

그는 철저한
현장주의 기자,

엄혹한 트레이너였다

       '안깡.'

지금까지 수많은 별명을 들어보았지만 이만큼 강렬하고 독창적인 것은 없었다. 간결하고 명료하고 발음도 똑떨어진다. 별명의 주인을 떠올리면 순도 100퍼센트이다. 두 글자에 성격, 습성, 말투, 이력, 이미지 등 주인공의 모든 것이 집약되어 있다. 긍정적, 부정적 느낌도 적절하게 섞여 있으니, 그분을 아는 사람들은 한목소리로 그리 부른다. 그분을 좋아하든 싫어하든 말이다. '별명의 전당'이 있다면 최고 자리에 놓일 작품이다.

얼마 전 내 또래 옛 동료가 그분 앞에서 "안깡께서~"라고 이야기하는 것을 들은 적이 있다. 그렇게 내놓고 부르는 모습을 보고 나는 놀랐다. 우리 아버지 연배의 그분과 그만큼 격의 없는 교류가 많았다는 의미니까.

과거 안깡은 후배 기자들에게는 이를 '빠득' 갈게 하는 독한 이미지였다. 안깡 밑에서 일했던 후배치고 눈물 한 번 빼지 않은 기자는 없을 것이다. 독설은 직설적이었다. 안깡은 독설을 통한 몰아대기를 상징하는 두 글자였다. 오죽하면 수십 년 지난 지금도 서슴없이 '안깡'이라고 부르겠는가.

안깡을 처음 만날 즈음, 나는 그분 때문에 너무 힘이 들어서 운도 참 없다고 생각했었다. 기자로서 자신감을 가지게 되면서 그런 생각은 차츰 옅어졌다. 그분이 우리 회사를 떠나고 난 뒤에는 기자 생활을 그분 밑에서 시작하게 된 것이 행운이었다고 생각하기에 이르렀다. 내가 기자로서 구실을 할 수 있게 된 것은 순전히 그분한테서 받은 훈련 덕분이기 때문이다.

안깡의 『한국일보』 공채 11년 후배로서 원(源) 『시사저널』(『시사IN』이 지금의 『시사저널』에서 떨어져 나온 후 우리는 옛 『시사저널』을 이렇게 부른다)에서도 한솥밥을 먹은 적이 있는 소설가 김훈 선배는 그분이 회사를 떠날 때 환송사를 이렇게 썼다.

안병찬 선배는 (……) 철저한 현장주의 기자였고 엄혹한 트레이너였다. 우리는 그를 따랐고 두려워했으며 부러워했다.

그가 얼마나 엄혹한 트레이너였는지, 이 글을 쓰는 지금도 나는 다음과 같은 것들에 신경을 쓰게 된다. '현장' '사실 확인' '관찰' '생생한 묘사' '짧고 간결하고 바른 문장' '가능하면 부사, 형용사 쓰지 않기'.

원 『시사저널』 사람들은 '안 주간'이라는 명칭에도 익숙하다. 그분 앞에서는 안 주간, 돌아서면 안깡이라고 불렀다. 한 직장에서 편집주간(편집국장), 편집인, 주필, 발행인을 역임했으면 보통은 가장 높은 직함으로 불리게 마련이다. 그러나 그분만은 첫번째 직함이 가장 잘 어울린다. 편집주간으로 지낸 5년 남짓한 기간에 기자들이 그분과 맺은 관계는 그만큼 강렬했다. 안 주간은 회고한다.

『시사저널』 편집국은 각처에서 모여든 젊은 기자들이 날 선 창을 꼬나잡고 조랑말을 타고 달리는 몽골 기병처럼 기동했다. 기자들의 개성은 서로 부딪혀 불꽃을 일으키고, 투혼이 한 솥에서 들끓었다.
(『관훈저널』 2014년 여름호 '안깡의 현장 이야기')

정확하게 말하면, 대장 안깡이 기자들을 몽골 기병처럼 만들어 바깥으로 내몰았다. 50대 중반 "중년기의 근력을 몽땅 쏟아부으며" 그렇게 했노라고 그분은 썼다. 안 주간 때문에 나는, 그분 표현을 빌리자면 "조랑말을 다그닥다그닥 타느라" 땀보다 눈물을 더 많이 흘리며 기자 초년병 시절을 보냈다.

원 『시사저널』 창간 준비 기간부터 우리는 정신 못 차리게 바빴다. 새로운 시사주간지는 뉴스를 다루면서도 신문과 달리 심층 분석을 해야 했다. 선정성은 배제했으며 내용은 깊으면서도 날렵하고 정교해야 했다. 시각 요소로 표현하는 기사 또한 중요시했다. 한국의 『타임』지라 여기며 한국에서 처음으로 시도하는 것들이 많아 창간 초기의 혼란은 이루 말할 수 없었다. 각처에서 모여든 개성과 자존심 강한 기자들이 서로에게 적응하기도 쉽지 않은 일이었다.

1989년 10월 29일자로 창간호가 나왔다. 대성공이었다. 그 무렵 안병찬 편집주간이 나타났다. 첫인상이 매서웠다. 박권상 주필이 점잖은 영국 신사 같았다면 안 주간은 전형적인 야전 사령관 스타일이었다. 저녁을 먹고 기자 몇 명이 앉아 잠시 쉬는 자리에서 안 주간이 대뜸 내게 물었다.

"성우제 씨는 지금 뭘 하고 있나?"

"기사 받아놓고, 미술부 레이아웃 기다리고 있습니다."

취재부에서 기사가 넘어왔다고 해서 일이 진행되는 것은 아니었다. 미술부에서 사진 요소로 만드는 '레이아웃'을 넘겨줘야 거기에 원고를 넣고 기사를 편집할 수 있었다.

"제목을 미리 뽑아놓지그래?"

"글자 수가 정해지지 않아서 미리 뽑아도 소용이 없는데요."

"그래도 만들어서 가져와봐."

안깡 본색이 드러나기 시작했다.

"밋밋하구먼. 다시 해봐."

기사를 한 번 더 읽고 제목을 새로 만들었다. 대답은 마찬가지. 다시. 안깡 목소리는 점점 높아졌다.

"제목이 이렇게밖에 안 되나? 거, 거, 말이야, 좀더 재미있게 말이지, 눈길을 딱, 하고 낚아채는 거 말이지, 뭐, 그런 거 없어?"

그렇게 몇 번을 더 왔다 갔다 했다. 편집국에서 야근하던 사람들이 이 모습을 모두 지켜보았다. 안깡은 비단 나만 훈련시키는 것이 아니었다.

『시사저널』은 창간 2개월 만에 정기독자 수 5만을 돌파하며, 언론계에 신선한 바람을 불러일으켰다. 그러나 내부적으로는 혼란이 여전히 남아 있었다. 안 주간은 편집국의 분위기를 다잡아 나갔다. 방만한 시스템을 정비하고 일사불란한 체제를 갖추면서 몇 개월 만에 편집국을 휘어잡았다.

편집국의 질서가 잡히든 말든, 나는 한편에서 여전히 제목을 가지고 안 주간한테 호출당하며 '뼁뼁이'를 돌고 있었다. 그분은 그 일을 한 주도 거르지 않았다. 그 지독한 부지런함 때문에 죽을 맛이었으나 그 덕에 나는 일을 빨리 배웠다. 6개월쯤 지나자 안 주간이 잡은 고삐가 다소 느슨해지는 느낌이 들었다.

제작 마감은 금·토·월 사흘에 걸쳐 이루어졌다. 새벽 3시를 넘기기 일쑤였다. 안 주간은 인쇄소로 넘어가기 직전의 최종 교정지에서 의문이 생기면 새벽에도 해당 데스크 집으로 전화를 걸었다. "거, 자는데 깨워서 미안해요. 이거, 말이죠~" 하면서. 다음날 인쇄소에서 오는 교정쇄를 통해 고칠 수도 있었으나 안 주간은 그 몇 시간을 참지 못했다.

안 주간은 제작 담당자가 인쇄소로 출발하는 것을 보고 편집,

미술부 기자들과 함께 퇴근했다. 당시 목동에 살면서 그쪽 방향에 사는 기자들을 영등포까지 태워주곤 했다. 내려줄 때 하는 인사는 끔찍했다. "수고했다"가 아니었다.

"내일 일찍 나와라."

새벽 4시였다. 우리는 일찍 나가봐야 오전 10시였으나 안 주간은 매일같이 아침 7시에 나와 8시 데스크 편집회의를 주재했다.

서울 인사동 관훈클럽신영연구기금 사무실 2층 카페에서 뵙기로 약속했으나 나는 3층에 있는 안병찬 주간의 집필실로 바로 찾아가 책상을 구경하고 사진을 찍었다. 안 주간도 지지 않겠다는 듯 나를 앉혀두고 인터뷰를 했다. "맞인터뷰다"하면서. 그분은 당신의 개인 매체(since1962.tistory.com)에 올릴 '성우제 기사'를 쓰기 위해 그후에도 다섯 번이나 전화를 걸어 팩트를 확인하고 또 확인했다.

혀 빼물고

개 뛰듯
뛰어라

안 주간은 취재 기자들이 '의자에 엉덩이 붙이고 앉아 있는 꼴'을 보지 못했다. 엉덩이가 무겁다며 들들 볶아서 바깥으로 몰아내는 데 취미를 붙인 것 같았다. 그분은 '게으름은 전파된다'고 믿고 있었다. 그럴 기미가 조금이라도 보이면 무섭게 몰아붙였다. "혀 빼물고 개 뛰듯" 뛰어다니는 기자들은 두고두고 칭찬했다. 나는 그때 안 주간의 이 표현이 절묘하다고 생각했었다. 그 당시 전성기를 구가하던 미국 프로농구 NBA의 마이클 조던이 코트에서 진짜로 혀를 빼물고 뛰어다녔기 때문이다. 그런데 그때는 "혀 빼물고" 뛰어다니라는 소리가 듣기 싫어서, 절묘하다는 생각을 아무에게도 말하지 않았다.

당시 실용뉴스부에서 스포츠를 담당했던 강용석 선배가 마라톤을 완주한 적이 있다. 미처 훈련할 새도 없이 뛰었던 까닭에 기자는 다섯 시간 넘게 사투를 벌여야 했다. 강 선배는 극한의 고통을 비롯한 순간순간의 느낌을 기사로 생생하게 적었다. 안 주간은 투철한 기자 정신과 기사에 녹아든 현장감을 칭찬하며 몇 날 며칠을 이야기했다.

들볶이는 것은 취재 부서만이 아니었다. 안 주간은 내근 부서도 그냥 두고 보는 법이 없었다. 당시로서는 '우리를 괴롭히려고 날이면 날마다 연구하는 사람' 같았다. 그분은 최종 마감 교정지를 단신까지 한 자도 빼지 않고 읽었다. 이미 마감이 끝나 인쇄소에 보낸 기사의 교정지를 뒤늦게 보고는 고치라고 할 때도 있었다. 그럴 때면 제작부서 기자들 입에서 "아~" 하고 탄식이 흘러나왔다. "대세에 지장 없는 사소한 것이니 그냥 갑시다"라는 소리는 처음에는 하지 못했다.

50대 장년 체력이 강철 같았다. 제작부서는 주말과 월요일 마감 때 새벽까지 일을 하고 취재 부서가 바쁜 주중에는 이틀 정도 쉬었다. 안 주간은 제작부서와 일을 하고도 주중에 쉬지 않는 유일한 사람이었다. 1990년 이탈리아 월드컵에서 우승한 독일 팀의 경기를 보면서 큰 소리로 되풀이해서 말했다.

"야, 야, 베켄바우어 감독 다리 좀 봐라. 얼마나 딴딴하냐. 저다리로 경기 내내 서 있더라." 그러면서 갑자기 매일 아침 열리는 데스크 편집회의를 서서 하자고 했다. 데스크들은 툴툴거렸다.

안 주간은 기자들을 몰아붙이는 데는 인정사정없었으나, 기사내용에 대해서는 유연한 편이었다. 노태우 정권 때여서 군부독재의 기운이 여전히 남아 있었다. '민중'이라는 용어를 쓰기도 껄끄러운 시절이었다. 원『시사저널』은 5·18 광주항쟁은 물론 비전향 장기수, 한국전쟁 전후 양민학살, 제주 4·3사건 등 현대사의 민감한 소재를 자주 다루었다. 사노맹 사건으로 검거된 박노해를 커버스토리로 쓰기도 했다. '뉴스 가치'가 있다면 안 주간에게 다루지 못할 소재는 없는 듯했다. 안 주간은 민감한 기사의 내용에도 크게 간섭하지 않았다. 개입해봐야 자극적인 단어를 골라내면서 '톤다운'하는 정도였다.

안 주간은 1970년대 말 홍콩에서 했던 경험을 직접 쓰기도 했다. '중공'과 경기하는 북한 여자 배구팀을 열심히 응원하다가 중앙정보부 요원에게 두들겨 맞고 강제 귀국한 어떤 사람에 대한 이야기였다.

최근에 만나 "좌파도 아닌데 어찌 그러셨느냐"고 물었다. 안 주간은 "내가 왜 좌파가 아니야?"라고 웃으며 반문했다. 이어 그분은 한국전쟁 중에 북한으로 휩쓸려간 부친 이야기를 처음으로 들려주었다. 자의에 의한 월북이 아니라 말 그대로 얼떨결에 휩쓸려 올라간 경우라고 했다.

부친은 일제강점기에 연희전문을 졸업한 엘리트였다. 안 주간은 경기중학교 1학년 때 부친과 그렇게 이별했다. 연좌제가 시퍼렇게 살아 있던 시절을 통과해온 그분은 이념 문제에서 아예 눈을 돌리거나 극보수 쪽으로 기울어질 법도 했다. 그러나 안 주간은 언론인으로서 그 분야에 꾸준히 관심을 보이는 쪽을 택했다.

일제강점기 사회주의 계열의 무장 독립투쟁에 관해 원『시사저널』만큼 많은 지면을 할애한 대중 매체는 없었다. 독립기념관 연구자가 관련 기사를 쓴 나를 찾아와 협조를 요청할 정도였다. 우리 잡지는 옌볜대학 박창욱 교수와 고려대 강만길 교수의 대담을 게재하기도 했다. 공산 계열 독립운동사에 관한 내용이었다. 강만길 교수는 "진보적인 역사 잡지에서도 못하는 대담을 시사주간지에서 했으니 참 놀라운 일이다"라고 평가했다.

쉽게 쓰되
꽉꽉 눌러 담아라

안 주간은 편집국에서 가장 젊은 내가 내근부서에 앉아 있는 것을 늘 못마땅해했다. 눈에 거슬려 못 견뎌 하는 모습이 내 눈에 보일 정도였다. 내근부서라서 앉아 있는데도 "엉덩이가 무겁다"는 말을 자주 했다. 나는 부친상을 치르던 중에 부서 이동 통보를 받았다. 늘 빨리 움직이는 안 주간답게 문상을 가장 먼저 와서는 "당신, 문화부로 발령 냈어"라고 툭 던지듯 말했다. 입사 2년 만이었다.

문화부로 옮겨간 나는 바로 나가서 취재하고 기사를 써야 했다. 수습기자로 들어온 후배들처럼 따로 배우고 적응하는 기간이라는 것은 내게 없었다. 편집부 초창기 때에 이어 다시 한 번 현장에서의 고난이 기다리고 있었다.

나는 크건 작건 기사만 쓰면 안 주간에게 불려갔다. 평소에는 안 주간 비서가 전화를 걸었다. "안 주간님이 오시래요." 심기가 다소 불편하면 편집국 맨 안쪽의 편집주간 자리에 앉아서 "야, 성우제 씨" 하고 소리를 질렀다. 빨리 가지 않으면 엉덩이 무겁다고 더 혼났다. 매주 그렇게 불려다니니 괴롭기 짝이 없었다. 기자를 그만두거나 견디거나, 하나를 선택해야 했다.

안 주간은 말랑말랑한 예술 관련 기사라 해도 모든 것을 정확하게 확인하도록 했다. 어느 화가에 대한 기사를 쓰면서 '그룹전 10여 회 참가'라고 적은 적이 있다. 개인전도 아닌 그룹전 회수가 작은 기사에서 그리 중요할 까닭이 없었다. 안 주간은 "그거 셀 수 없는 거야? 확인해"라고 했다. 확인하면 해당 작가도 정확하게 세지 못했다.

'안깡한테 불려가지 않을 날이 오기는 할까' 하는 의심이 들었다. 그런데 6개월쯤 지날 무렵부터 불려가는 것이 서서히 줄어들기 시작했다. 처음에는 '왜 나한테만 그래?' 하고 불만스러워했으나 시간이 지나면서 '개별적으로 훈련을 받았다'는 것을 알게 되었다. 그분 표현대로 "얌전한 백면서생"이었던 나를 기자다운 기자로 만들어가는 과정이었다.

안깡은 주문 사항이 많았다. 그중에서 입버릇처럼 강조한 것이 있다.

"꽉꽉 눌러 담아라."

그것은 아무리 사소한 사실이라도 빗자루로 쓸 듯이 모아, 한 장면을 세밀하게 묘사하라는 요구였다. 여기에 "쉽게 쓰라"는 주문까지 추가되니, 취재를 많이 해도 머리가 아팠다. 어떤 선배들은 취재를 많이 하면 기사가 저절로 써진다고도 했으나 내게 그런 경우는 별로 없었다. '꽉꽉 눌러 담으면서도 쉽게 읽히는 기사'는 앞뒤가 맞지 않는다고 생각했다. 그러나 되든 안 되든 그렇게 기사를 쓰도록 애를 써야 했다. 어렵다는 생각이 들 때마다 나는 주간지 기자의 숙명이겠거니 하고 생각했다. 아무리 꽉꽉 눌러 담아도 취재한 내용의 30퍼센트 정도밖에 넣을 수 없었다.

안 주간이 가장 싫어한 스타일은 '휘휘 저어 만든 잡탕'이다. 현장 취재를 열심히 하지 않고 이런저런 자료들을 모아서 중언부언하며 쓴 기사에 대해서는 극단적인 혐오감을 드러냈다. 세밀하고 생생한 묘사 없이 자료 위주로 쓰는 기사를 '세미나'라고 부르며 나쁜 기사의 전형으로 지목했다. 그러나 자료를 가지고 정밀한 분석 기사를 써야 할 경우가 많은 부서에서는 "발로만 뛴다고 무조건 좋은 기사가 나오는 것은 아니다"라며 반발하기도 했다. 그러거나 말거나 안 주간은 늘 현장을 강조했다.

안 주간은 바로 그 현장의 묘사 또한 중요시했다. 나는 세미나 소리가 듣기 싫어서, 학술대회 같은 진짜 세미나 기사도 말이 되든 안 되든 첫 대목을 현장 묘사로 시작했다. 세미나 기사를 현장 스케치로 시작하니 색다른 맛이 있기는 했다.

안 주간은 '사실'을 세 번 네 번 확인하게 했다. 당시 우리 편집국 벽에는 액자가 몇 개 걸려 있었다.

"이름과 숫자는 틀려 있다."

이름과 숫자로 몇 번 '사고'가 난 뒤 안 주간이 걸어놓은 액자였다. 편집국에 온 외부인들은 "저게 사시(社是)야? 이름과 숫자가 왜 틀려 있는데?" 하고 물었다.

확인을 하고 또 하다 보면 날짜, 시간, 장소, 연락처 등이 들어가는 작은 공연 정보 하나를 적으면서도 거의 노이로제에 걸릴 지경이 된다.

팩트를 쓸어 모아 정확하게 쓰기를 요구하면서도, 안 주간은 뜻밖에도 소설처럼 재미있게 풀어나가는 기사 스타일을 선호했다. 재미있게 쓴 기사가 있으면 한 주 내내 그 이야기를 했다. 수십 년이 지난 지금도 이야기하는 기사가 있을 정도이다. 문장 좋은 기자들은 당연히 환영받았다. 나는 안 주간이 좋아하는 스타일에 맞추려고 애를 썼다.

상투적인 표현은 바로 고쳐버렸다. 대표적인 것이 '기쁨을 감추지 못했다'와 '~것'으로 끝나는 문장이다. 화려한 수사는 물론 웬만한 형용사는 가차없이 제거했다. 문화예술 기사도 건조하게 써야 했다.

1975년 4월 30일 천신만고 끝에 사이공을 탈출한 후 남중국해 피난선 밀러 호 상갑판에서 기사를 작성 중인 안병찬 「한국일보」 특파원. 1975년 5월 2일 낮.

사이공 함락
일곱 시간 전에 탈출한

'기자의 전설'

안 주간은 『한국일보』『중앙일보』의 시경캡으로 명성을 드날린 사회부 기자 출신이었다. 한밤중에 병원 시체실에 들어가 시신 얼굴을 확인해 기사를 쓰고 결국 사건을 해결했다는, 사건 기자로는 자타가 공인하는 최고봉이었다.

특히 '안병찬'이라는 이름을 한국 언론사(言論史)에 아로새긴 것은 『한국일보』 특파원으로 월남 패망의 날 새벽, 사이공이 함락되기 일곱 시간 전에 탈출했다는 사실이다. 안깡은 다른 특파원들이 모두 철수한 뒤에도 가능한 한 끝까지 홀로 남아서 사이공 최후의 현장을 지켜보았다.

사이공이 함락되는 날 월맹군이 행군해 들어오는 모습을 보고 싶었다. 나도 겁이 많이 나서 벌벌 떨릴 지경이었다. 하지만 그 역사적인 광경을 직접 눈으로 보고 싶어서 현장을 뜰 수가 없었다.

사이공 최후의 날인 1975년 4월 30일 새벽 4시 10분 안깡은 미해병대의 치누크 헬리콥터에 뛰어들어 피난민들과 함께 패망한 사이공을 공중 탈출했다. 마지막 헬리콥터였다. 그 후 남중국해의 미국 7함대 피난선 서전트 밀러 호, 필리핀 수비크 만의 미군 기지, 미국 괌 섬의 타무닝 난민수용소를 거쳤다. 그 닷새 동안 안병찬 기자의 생사조차 확인되지 않았다. 그가 실종되었다는 뉴스가 『한국일보』에 대서특필되기도 했다. 그 시절 이야기를 들려주면서 "내가 쓰는 것 하나하나가 세계적인 특종이었다"고 안 주간은 말했다. 전 세계 모든 기자가 쓰기를 꿈꾸었으나 어떤 기자도 쓰지 못한 기사를 썼기 때문이다.

이런 이력을 감안한다면, 시사주간지에서 안 주간은 사회나 정치, 경제 등 시사 현안에 주안점을 둘 법했다. 그러나 그건 선입견이었다. 그분은 문화예술 지면에도 각별한 관심을 보였다. '그림이 된다' 싶으면 사진으로만 지면을 꾸미는 일이 자주 있었다. 서울이 아닌 광주에서 주로 활동해온 수채화가 강연균 씨가 서울에서 대규모 개인전을 열었을 때 내가 기사를 썼다. 안 주간은 도록을 살펴보더니 4쪽을 쓰라고 했다. 원래는 1쪽짜리 기사였다. 비좁은 시사주간지 지면에서 한 작가에게 4쪽을 내주는 것은 파격이었다. 그 가운데 1쪽은 강연균 화백의 그림으로만 채웠다.

1993년 12월 백제금동대향로가 발견되었다는 소식으로 매스

컴이 떠들썩한 적이 있었다. 속보를 보고 안 주간은 당시 김훈 사회부장과 조천용 사진국장을 발굴 현장에 보냈다. 문화부 기자들은 기사 마감을 앞두고 있어서 여력이 없었다. 안 주간은 그 주에 나온 잡지 첫머리를 향로 기사로 채웠다. 10쪽이 훨씬 넘었다. 물론 조 국장이 찍어온 다양한 사진들로 꾸민 지면이었다.

향로에 모든 매체가 관심을 보였으나 『시사저널』만큼 자세하게 다룬 곳도, 향로의 다양한 모습을 사진으로 보여준 곳도 없었다. 안 주간은 향로의 가치를 바로 알아보고 뉴스를 키우고 사진을 확보했다. 이쯤 되면 뉴스에 대한 동물적인 감각이라 할 만했다. 이후 문화재 당국이 사진 촬영을 차단하는 바람에, 다양한 각도에서 찍은 좋은 향로 사진을 구하러 우리 회사 자료실로 찾아오는 사람이 많았다.

사진 이미지를 중심으로 파격적인 지면 구성을 자주 하는 안 주간 덕분에 내 고민을 해결한 적도 있다. 1993년 김기창 화백이 서울 예술의전당에서 '운보 팔순 기념 대회고전'을 연 적이 있었다. 관람객이 10만 명이나 몰릴 정도였으니 전시 내용은 일간지와 방송에 나올 만큼 나온 터였다. 나로서는 그냥 지나칠 수도 없었지만, 딱히 더 쓸 이야기도 없었다. 기사를 쓰면 '뒷북치기'가 될 게 뻔해서 고민 중이었다. 안 주간이 "이 전시 기사 쓸 거지?"하면서 사진 기자와 함께 전시를 보러 가자고 했다.

가는 길에 나는 "어떻게 써야 할지 모르겠다"고 고민을 털어놓았다. 도착하자마자 안 주간은 "운보 영감 어디 계시나? 빨리 찾아와"라고 했다. 봉걸레로 그린 '一'자 그림(「점과 선」, 1989)이 전시장 1층 벽면 하나를 가득 채우고 있었다. 안 주간은 그 그림 옆에 지팡이를 든 운보를 세우고 사진기자에게 찍으라고 했다. 근사한 구도였다. 이 사진은 『시사저널』의 맨 앞 '초점' 지면 2쪽에 걸쳐 게재되었다. 나는 사진 설명처럼 짧은 기사를 썼으나, 어느 매체보다 좋은 지면이었다고 자부했다.

2001년 운보가 타계했을 당시 편집국장이었던 김상익 선배가 내게 추모 기사를 쓰라고 했다. 8년이나 지났는데도 김 선배는 운보의 그 사진을 기억했다. 사진은 그것을 쓰라고 지시했다.

훨씬 나중의 일이지만 이런 일과 관련해 안 주간이 내 마음을 알아줘서 고마워했던 적이 있었다. 1997년 사진부 백승기 선배와 22일 동안 고대 이집트 유적을 보러 갔었다. 최북단 알렉산드리아 및 삼각주에서부터 최남단 아부심벨까지 나일강을 따라서 내려간 대형 기획이었다. 한국 기자들이 그곳을 그렇게 돌아다닌 것은 처음이었다. 우리는 창간 8주년 기념 커버스토리로 15쪽을 받았으나, 필름 300통이 넘는 사진을 보여주기에는 지면이 턱없이 부족했다. 지면을 더 요청했으나 받아들여지지 않았다.

그 기사가 나온 뒤 안 주간이 회사에 들러 나에게 말했다. 당시 안 주간은 경원대 신방과 교수로 가 있었다.

"야, 그거 참 아깝다. 사진 좋은 거 많을 텐데 한 호 전체를 이집트 특집으로 다 해치우지 그랬니. 다른 기자들도 이참에 숨 좀 돌릴 겸해서……"

백면서생을 기자로 만든

'김산의 아리랑' 프로젝트

　　나는 편집부에서도, 문화부에서도 기자 생활 초창기에 안 주간 때문에 노심초사했으나 반항하지 않고 따라 하려고 노력했다. 끊임없이 몰아대는 바람에 속이 뒤집히고 자존심 상하는 일이 많았다. 고생스럽게 출장 다녀와서 밤잠 안 자고 기사를 썼는데 "유람 다녀왔구나?"라고 하면 많이 고통스러웠다. 그러나 그분이 시키는 대로 따라 하면 내 기사가 달라지는 것을 알고 있으니 참을 수밖에 없었다. 참지 않는다고 내가 달리 할 수 있는 것도 없었다.

　　그러던 중에 그분을 내 기자 생활의 스승으로 생각하게 한 계기가 있었다. 님 웨일스의 『아리랑』 주인공 김산에 대해 취재하라는 명령이 떨어졌다. 내 생애 첫번째 해외 출장이었다. 그 아이템이 1993년 추석 합병호 커버스토리로 갑자기 결정되는 바람

합병호
제205·206호
93/9/30·10/7
값 2,000원

정부·재벌 손잡고
'경제 대통령' 만든다

경쟁시대 대학
자율화만이 살길

시사저널
WEEKLY NEWSMAGAZINE

60년 만의 추적·재평가
민족 통합의 노대
김 산의 '아리랑'

'김산의 아리랑' 커버스토리 표지. 안병찬 편집주간은 "「시사저널」 책임자로서 내가
직접 기획하여 커버스토리로 올린 기사 중에 가장 기억에 남는 것은 세 가지이다"라고
했다. '김산의 아리랑'은 그 가운데 하나이다. 이 프로젝트를 끝내고 나는 기자로서
부쩍 성장했다는 느낌이 들었다.

에 시간이 그리 많지 않았다.

안 주간은 1977년 홍콩 연수 중에 님 웨일스의 『아리랑』을 발견하고 충격을 받았노라고 했다. 미국 저널리스트 님 웨일스가 중국에서 조선인 공산주의 혁명가를 인터뷰해 책을 썼다는 사실이 우리에게는 거의 알려지지 않은 시절이었으니, 그 사실을 처음 접한 기자가 호기심을 갖는 것은 당연했다. 그것을 계기로, 대장정을 마친 중국 공산당을 중국 옌안에서 취재하고 서방 세계에 최초로 알린 에드가 스노와 님 웨일스의 활동에 대해 안 주간은 각별한 관심을 가지고 있었다.

『아리랑』이 번역 출간되어 대학가에서 널리 읽힐 무렵 나도 남들처럼 그 책을 읽었다. 그때만 해도 중국 공산주의 혁명 같은 데 별 관심이 없어서 그런지 나로서는 특별한 감흥이 없었다. 안 주간은 김산의 행적을 님 웨일스가 아닌 우리 시각으로 찾아보겠다는 생각을 하고 있었던 모양이다. 그분은 나더러 베이징과 옌볜 등에 가서 김산의 흔적을 찾으라고 했다. 『아리랑』에 나오지 않은 김산의 행적을 발굴해 오라는 내용이었다.

1984년 중국 정부가 김산을 특무(간첩)로 오인해 처형한 과오를 인정하고 김산을 복권한 터여서, 중국 조선족 사회에서는 김산에 대한 조사와 연구가 활발하게 진행되고 있었다. 옌안파라는 이유로 오랫동안 김산 같은 혁명가들을 외면했던 북한도 그들의 이름을 공식적으로 언급하기 시작할 무렵이었다(안 주간은 중국에서 내가 구입해 간 김일성 주석의 자서전 『세기와 더불어』에서 김산의 본명 장지락을 직접 찾아냈다).

최근 만난 자리에서 안 주간은 말했다.

"그때 내가 말이야, 얌전한 당신을 훈련시키려고 딱, 하고 충격 요법으로 특파한 거야."

충격은 출발도 하기 전부터 왔다. 내가 중국 비자를 알아보던 중에 편집국에서 안 주간과 마주쳤다.

"당신 말이야, 출장 명령 내린 지가 언젠데 아직도 꾸물거려? 지금 여기서 뭐하는 거야?" "비자를 '급행'으로 해도 5일이 걸려서……" "여기서 시간 다 까먹을래? 비자는 현지에 가서 돈 주고 사면 될 거 아니야?"

불호령이었다. 나는 거의 혼비백산하다시피 했다. 안 주간은 과거 방콕에서 월남에 들어가는 비자를 500달러를 주고 샀었다고 했다. 비자를 사든 구걸하든 나는 중국에 빨리 들어가야 했다. 무작정 톈진행 비행기를 탔다. 항공사는 중국 비자가 없는 내가 항공기에 탑승하는 것을 거부했다. 내가 사정을 설명하자 '톈진에서 비자를 받지 못해 중국에 입국하지 못하고 한국으로 되돌아와도 항공사는 책임지지 않는다'는 문서에 사인하게 한 후 탑승을 허락했다.

취재부에서 일한 경력이 일천한 신참 기자에게, 1년에 두 번밖에 내지 않는 합병호의 커버스토리를 맡긴다는 것은 일종의 모험이었다. 더군다나 동행하는 사진기자도 없이, 해외 취재 경험이 전무한 기자를 혼자 내보내는 출장이어서 안 주간으로서는 섭지 않은 결정이었을 것이다.

당시를 돌아보면, 비행기를 탈 때부터 무모하기 짝이 없는 출장이었다. 중국 비자를 받지 못한 것은 물론 톈진에서 베이징-창춘-옌볜에 이르는 교통편이나 숙소 또한 하나도 결정하지 못한 채 떠난 길이었다.

그런데 뜻밖에도 행운이 따르기 시작했다. 톈진 공항에 내려 비자를 요청했더니 바로 나왔다. 당시 중국을 상대로 무역을 하던 모 인사가 "톈진에 연락해두겠다"고 했었는데, 그 부탁이 통했던 모양이다. 그 사람이 시킨 대로 100달러를 주려고 준비했으나 중국 이민국 담당자는 돈을 요구하지 않았다.

베이징에서 유학 중인 대학 후배를 만난 것은 더 큰 행운이었다. 서울에서 급히 연락했더니 마침 후배 부인이 나와 같은 비행기를 탄다고 했다. 후배는 톈진 공항에 마중을 나왔고, 베이징을 거쳐 창춘과 옌볜까지 가는 모든 항공과 기차편을 알아봐주었다. 베이징에 있는 김산 연구자를 수배해 약속을 잡았고 베이징 사범대학 기숙사에서 나를 재워주었다(그 후배는 서강대 이욱연 교수이다).

복잡한 베이징 공항에서는 게이트가 바뀌는 바람에 한참 동안 헤매던 중에 우연히 아는 분을 만났다. 내 아버지 친구분이었다. 중국 시찰단으로 온 그분은 마침 창춘으로 가는 길이라고 했다. 나와 같은 비행기였다. 나는 시찰단 뒤에 붙어서 가이드를 따라갔다.

나는 기차를 타고 가면서 색다른 경험을 했다. 창춘에서 옌볜까지 가는 기차표가 매진된 상황에서 미화 10달러를 따로 썼더니 신기하게도 표가 구해졌다. 창춘에서 여행사를 하는 조선족 젊은 엘리트들을 만난 덕분이었다.

행운은 옌볜에서도 계속되었다. 마침 소설가 최명희 씨가 옌볜에 몇 달째 머물고 있었다. 당시 장편소설『혼불』을 집필 중이던 최명희 선생은 자료를 모으려고 그곳에 와 있었다. 문화부 데스크인 김현숙 선배가 그 정보를 입수해 연락을 해두었다. 최 선생은 옌볜 역으로 새벽에 마중을 나왔고, 김산 연구자들을 수소문해두었다.

나는 김산의 행적을 추적하고 연구하는 교수, 작가, 기자, 방송사 PD 등을 만나 인터뷰하고 자료를 모았다. 김산에 대한 조선족 학자들의 연구 성과는 예상보다 훨씬 컸다. 중국 혁명과 항일 투쟁을 동시에 수행한 조선 출신 혁명가들을 되살리려고 그들은 많은 노력을 기울였다. 중국 땅에서 자기들의 위상을 높이고 정체성을 확고하게 하는 유력한 방법이었기 때문이다.

나는 님 웨일스를 만난 덕분에 더욱 유명해진 김산(중국 동포들은 님 웨일스의『아리랑』을『백의동포의 영상』이라는 제목의 우리말로 번역했다)뿐 아니라, 한국에는 거의 알려지지 않은 정율성, 한위건 같은 인물들의 자료를 많이 챙겼다. 그들은 김산 못지않게 위대한 항일 독립투사들이었으나, 중국 공산당에 소속되어 활동했다는 이유로 남한에서나 북한에서나 모두 외면받았다.「중국

1993년 9월 안병찬 편집주간의 출장 명령으로 '김산의 아리랑'의 흔적을 취재하러 갔을 때 중국 베이징 천안문광장에서 찍은 기념사진이다. 입국 비자를 현지 공항에서 받는 등 많은 어려움이 따른 내 생애 첫번째 해외 출장이어서 구경은 엄두도 내지 못했으나, 그곳에서 유학중인 후배가 강권해서 베이징 몇 군데를 둘러볼 수 있었다. 사진 이욱연.

인민해방군가」를 만든 유명 작곡가 정율성 이외에는 중국에서도 제대로 조명된 인물이 없었다. 그런 혁명가들을 조선족들이 되살리려고 노력하는 것은 당연한 일이었다.

김산이 감옥 생활 중에 중국어로 쓴 시 한 편을 찾아들고 들어가자, 안 주간은 '최초 발굴'이라며 좋아했다. 저녁에 회사에 도착한 나는 다음날 아침 10시까지 기사를 마감해야 했다. 밤새워 기사를 썼다.

평소에는 기사의 초고를 두 번 이상 고치고 데스크를 거쳐 편집부에 넘겼다. 오전 6시께 초고를 완성해 출력키를 눌렀다. 원고를 가지러 프린터가 있는 곳으로 갔더니, 누가 출력되어 나오는 종이를 한 장 한 장 집어 들면서 훑어보고 있었다. 안 주간이었다. 그날따라 한 시간 일찍 나온 안 주간은 원고의 마지막 장이 나오자, 내게 주지 않고 그냥 들고 가버렸다. 성격이 급한 안 주간은 내가 기사를 한 번 고칠 기회도 주지 않았다.

기사를 빨리 보고 싶어 하는 안 주간의 마음을 나는 잘 이해할 수 있었다. 오랜 세월 묵혀온 아이템이었기 때문이다. 안 주간 스스로도 김산의 『아리랑』 커버스토리에 직접 참여했다. 1946년 『신천지』라는 잡지가 『아리랑』을 번역, 연재한 사실을 새롭게 밝혀낸 분이 안 주간이었다. 안 주간은 우리 자료실 담당자로 하여금 국회도서관을 뒤지게 했다.

나는 안 주간이 떠미는 대로 2주 동안 정신없이 뛰어다녔다. 바로 그 첫번째 해외 출장을 통해 나는 기자로서 부쩍 성장했다

는 느낌이 들었다. 취재하고 기사를 쓰면서 자신감이 붙었다. 그
와 동시에 안 주간의 '잔소리'도 잦아들더니 어느 때부터 거의 들
리지 않았다.

협박에서
벗어나는 방법을

배우다

수십 년 기자 생활을 하면서 온갖 경험을 다 해본 안 주간 덕분에 곤경에서 빠져나온 적도 있었다. 1990년대 초반 북한 미술품이 중국을 통해 한국으로 물밀듯이 들어왔다. 일명 '나까마'라 불리는 거래상들이 "평양의 박물관에서 떼어왔다"며 북한의 미술품들을 유통시켰다. 진품으로 거래되는 작품들이 대부분 복제품이라는 이야기를 듣고 취재를 시작했다. 문제는 예상보다 훨씬 심각했다.

유명 월북 화가의 작품을 구입했다는 ㄱ씨를 찾아 연락했더니 선뜻 취재에 응했다. 해당 작품에 대한 기사를 쓰면 작품이 더 유명해질 것이라고 그는 기대했던 모양이다. 그이가 고가에 구입했다는 작품의 사진을 찍었다. 똑같은 작품이 북한에서 간행된 잡지에 실려 있다는 이야기를 다른 곳에서 들었다. 광화문에 있는 통일원 자료실에 가서 잡지를 찾아내어 그 작품의 도판 사진을 찍었다(안 주간이라면 "광화문 무슨 빌딩 몇 층이야? 잡지 제목은 뭐고, 언제 나온 거고, 월간이야, 뭐야?"라고 반드시 다그칠 것이다).

나는 그 내용을 특집 기사로 썼다. 월북 작가 모씨의 대표작 한 점이 서울에 와 있다, 그러나 진위는 아직 확인되지 않았다는 사진 설명을 달고 도판 2장을 나란히 실었다. 기사가 나가자 ㄱ씨가 급히 연락을 해왔다. 도판들을 비교해보니 두 작품이 달랐다고 했다. 나도 몰랐던 내용이었다. 결과적으로 ㄱ씨가 가진 작품이 복제품으로 판명된 셈이다. 그는 노발대발했다. 그는 "네가 진짜를 가짜로 만들었으니 책임을 지라"며 며칠 동안 협박 전화를 했다. 협박은 점점 거칠어졌다. "작품을 네가 사라." "언제 깔릴지 모르니 차 조심하며 다녀라." "네 아이가 어느 학교 다니는지 알고 있다."

데스크였던 김현숙 선배에게 보고했다. 안 주간한테 가서 상의하자고 했다. 안 주간은 사진국장을 불러 잠깐 이야기하더니 내게 지시를 내렸다.

"사진부 이상철 기자하고 지금 나가. 그 사람 사무실에 들어가자마자 사진부터 여러 장 찍어. 그리고 밥이나 먹으면서 이야기하자고 해. 식당 가서 밥 먹고 바로 일어서서 나와. 밥값은 당신이 반드시 내야 해, 알았어?"

나는 그대로 따랐다. 덩치가 큰 이상철 선배가 플래시를 터뜨리며 카메라 셔터를 연속으로 누르자 그이는 움찔했다. 우리는 냉면집으로 갔다. 그 후 연락이 없었다.

안 주간이 경원대 교수로 옮겨간 후로도 그분의 영향력은 나에게 지속되었다. 나는 안 주간에게 훈련받은 대로 나 자신을 닦달했다. 2000년 2월 뉴욕 구겐하임 미술관에서 새로운 밀레니엄을 기념해 열린 '백남준의 세계'전을 취재하러 간 적이 있다.

신작 「야곱의 사다리」가 나와 있었다. 바닥에서 쏜 레이저가 천장까지 올라갔고, 천장에서는 물이 떨어졌다. 땅의 기도가 하늘에 닿으면 하늘에서는 물을 떨어뜨려 응답한다는 내용이었다. 물줄기는 하늘에서 내려주는 빗줄기 같았다. 나는 물줄기의 숫자가 문득 궁금했다. 물이 떨어지는 가장 가까운 곳까지 올라가서 물줄기를 하나하나 세었다. 물줄기를 뚫고 위로 올라가는 레이저가 반사판을 통해 몇 번이나 꺾이는지, 레이저 반사판은 몇 개인가도 파악했다. 의미가 있든 없든 숫자를 그렇게 확인하는 방식이 몸에 배어버린 것이다. 안 주간이라면 "물줄기가 몇 개야?"라고 물어볼 것이 뻔했기 때문이다. 안 주간은 사이공이 함락되는 그 긴박한 순간에도 한국 대사관이 마지막 무선전신을 보내고 부수어버린 단파, 중파 송수신기의 기종과 번호까지 적어서 기사에 썼던 기자였다.

안 주간은 회사를 떠난 뒤에도 원 『시사저널』의 생명이 끝나는 날까지 모든 기사를 읽었다고 했다. 우리 회사 기자들의 성향을 안 주간만큼 속속들이 파악하는 선배는 존재하지 않는다. 그렇게도 혹독하고 엄한 트레이너였으나 안 주간은 우리에게 인간적인 모습을 자주 드러냈다. 편집국에서는 눈물 쏙 빠지게 야단을 치다가도 바깥 술자리에서는 언제나 유쾌하게 놀았다. 술은 한 모금도 못하면서도 술 먹은 사람보다 더 재미있었다.

편집국에서 야근하다가도 가끔씩 인간적인 면모를 드러냈다. 미술부 기자가 저녁 시간을 놓쳐서 한밤중에 컵라면에 물을 부었다. 면이 다 익을 무렵 안 주간이 오더니 "여, 그거 맛있겠다" 하며 날름 들고 가버렸다.

한솥밥을 먹을 때는 그렇게들 지겨워하고 무서워하기도 했던 안깡이지만 후배들은 지금도 그분을 자주 찾는다. 2015년 여름 서울에 가면서 안 주간께 연락을 드렸다. 안 주간은 2002년 내가 캐나다로 살러 가기 직전에 나를 불러 밥을 사주고 당신의 명함 뒷면에 메모를 적어주었다. 토론토에 후배가 살고 있으니, 찾아가서 전하라고 했다. 메모 내용은 "이 후배가 외롭지 않도록 해달라"였다. 나는 안 주간의 그 마음을 늘 잊지 않고 살아왔다.

안 주간은 서울에서의 만남을 '성우제 포럼(노래의 밤)'이라 이름 짓고 '동우'라고 부르는 옛 후배들을 긴급 소집했다. 갑자기 불렀는데도 안 주간과 함께 10여 년 동고동락한 내 동료 기자 8명이 모였다. 모두 50대였다. 우리가 안 주간을 처음 만났을 때의 바로 그 나이가 되어 있었다. 우리는 예전처럼 밥 먹고 술 먹고 노래하면서 놀았다.

안 주간은 여전했다. 그분은 자랑했다.

"내가 말이야, 요즘 5킬로그램을 딱, 하고 뺐거든?"

"어떻게요?"

"굶었어."

노래의 밤이 끝난 후 좀더 계시라고 말씀드렸다. 진심이었다. 그러나 그분은 "당신들끼리 재미나게 놀아" 하며 한마디로 거절 한 뒤 딱, 하고 돌아섰다. 안깡다웠다.

김훈 선생님

1973년부터 1989년까지 한국일보에서 기자 생활을 했고, 『시사저널』사회부장·편집국장. 국민일보 부국장 및 출판국장. 한국일보 편집위원. 한겨레신문 사회부 부국장급으로 재직했다. 2004년 이래로 소설가로 활동하고 있다.

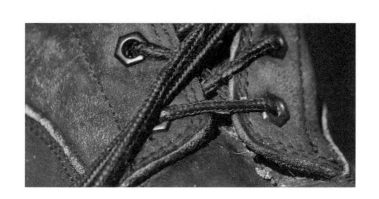

윗사람들과는 불편하게
후배들과는 편안하게

　　　　　　스승들에 관한 글을 쓰겠다고 마음먹었을 때, 처음에는 작가 김훈 씨(원 『시사저널』에서 그분과 한솥밥을 먹은 후배들은 '김훈 편집국장'을 줄인 '김국'이라는 애칭을 지금도 애용한다)를 염두에 두지 않았다. 물론 내게 가르침을 많이 준 스승 같은 선배이기는 하나, 그 가르침이 나에게만 특별한 것은 아니었기 때문이다. 김국은 선생님보다는 '좋은 선배' 느낌이 더 강한 분이었다.

　그런데 스승 이야기를 쓴다는 소문을 듣고 사람들은 당연하다는 듯이 말했다.

　"김국 이야기도 쓰는 거죠?"

　"김훈 선생도 들어가는 거지?"

　이런 이야기를 듣고 보니 언뜻 떠오르는 것이 하나 있었다.

원 『시사저널』에서 함께 일할 때 김국은 사표를 자주 냈었다. 몇 번인지 세어보지 않았으나, 그분이 우리 편집국에서 사표 제출의 기록 보유자라는 것만은 확실하다. 이상한 것은, 김국이 사표를 낼 때마다 회사는 수리를 하지 않고 돌아올 때까지 기다렸다는 사실이다. 그보다 더 이상한 것은, 사표를 내고 사라진 김국을 모셔오려고(당시 우리가 썼던 표현은 "잡아오려고") 후배 기자들이 이리저리 뛰어다녔다는 사실이다. 한 개인이 직장을 그만두겠다고 사직서를 낼 때마다 똑같은 과정이 반복되었다면 그것은 분명 평범한 일이 아니다. 물론 마지막 사표를 냈을 때는 더 이상 그런 일이 벌어지지 않았지만 말이다.

내가 기억하기에, 김국은 우리 회사에서 '항의성 사표 빨'이 통하는 거의 유일한 인물이었다. 김국 식으로 했다가 회사가 기다렸다는 듯이 수리를 하는 바람에 낭패를 본 인사도 우리 회사에 있었다.

김국의 사직서에 대해 회사가 왜 그랬는지 잘 모르겠으나 후배기자들이 그리 행동한 데는 분명한 이유가 있었다. 그것은 두 가지였다. 첫째는 물론 "우리에게 필요한 선배"라는 평범한 이유 때문이었을 것이고, 두번째는 김국이 사표를 내고 사라진 이유 때문이다. 사라질 때의 그 행동은 어찌나 민첩한지, 만류하고 자시고 할 틈이 없었다.

김국은 사직서에 "일신상의 이유"라고 적었겠으나, 내가 알기에 사직의 이유가 그것 때문인 적은 없었다(나는 김국보다 우리 회사에 먼저 들어왔고 또 나중에 나갔기 때문에 상황을 조금 아는 편이다). 개인적인 사정 때문이라면 후배들이 아쉬워하기는 해도 붙잡을 이유까지는 없을 것이다. 회사도 마찬가지다.

김국은 회사에서 벌어지는 비루한 꼴을 그냥 보아 넘기지 못했고, 사직서 제출이라는 가장 극단적인 방법으로 자기 의사를 표시했다. 김국이 못 견뎌했던 특정 사안에 대해 후배들 역시 못 견뎌하기는 마찬가지였다. 자기 밥줄을 끊어가며 항의하는 선배를, 그 항의에 공감하는 후배들이 되돌아오게 하려고 애를 쓰는 것은 당연한 일이었다.

김국은 윗사람들과는 불편하게 지내고, 후배들과는 편안하게 지내는 스타일이었다. 그런 까닭에, 그 연배로는 드물게 편집국 후배들과 많은 대목에서 공감대를 형성하고 있었다. 쉽게 말하면, 말 잘 통하는 선배였다. 특히 새로운 매체인 『시사저널』기자라는 직업인으로서의 기본적인 태도 및 자세와 관련해 말이 잘 통했다. 우리 회사 특유의 기자 문화가 있었는데, 김국은 그 문화에 공감하고 그 문화를 함께 만들고, 때로는 이끌어주던 선배였다.

김국과 일한 기간은 그리 길지 않으나(햇수로는 10년 가까이 된다. 그러나 자주 들랑날랑하시는 바람에 정확한 재직 기간은 잘 모른다. 아마 본인을 포함해 아는 사람이 이 세상에 없을 것이다) 그사이에 편집국 후배들에게 적어도 기자로서의 태도와 관련된 많은 것을 가르쳐주었다. 다른 사람은 몰라도, 최소한 나에게는 그랬다.

내가 이 책에서 소개하는 다른 스승들과 달리, 김국에게 내가 구체적으로 무엇을 어떻게 배웠는지를 이야기하기는 쉽지 않은 일이다. 그러나 지금도 내 기억에 선명하게 남아 있는 그분과 관련한 몇몇 에피소드를 읽다 보면, 내가 그분에게 무엇을 어떤 방식으로 배웠는지를 독자들께서는 어렴풋하게나마 짐작하실 수 있을 것이다.

말이 나온 김에 그분이 사회부장 시절 사표를 냈을 때(우리 회사에서 낸 첫번째 사표였다) 그분 집에 찾아갔던 이야기부터 해야겠다.

무더운 여름밤이었다. 후배 두 명과 늦게까지 술을 마시던 중이었다. 한 후배가 말했다.

"아, 김 부장 보고 싶다."

"애인이냐? 보고 싶게?"

"애인이 뭐 별겁니까? 김훈 선배하고 데이트하는 기분으로 회사에 나왔으니 애인이지."

"애인이라면 보러 가야지?"

술에 잔뜩 취한 우리는 광화문에서 불광동까지 택시를 탔다. 자정이 넘은 야심한 시각이었다. 맥주를 사들고 현관문을 들어섰을 때 그분은 마루에 앉아서 엄지손가락을 물어뜯고 있었다. 연필을 꾹꾹 눌러 원고지를 메울 때 나오는 특유의 버릇이었다. 사표를 냈을 때이니, 글을 쓴다기보다는 밥벌이를 한다는 느낌이 들었다.

아닌 밤중에 홍두깨라는 표현이 딱 맞는데도 "웬일이냐?" 같은 이야기는 하지 않았다. 서운한 마음이 들게 하는 언사는 한마디도 없었다. "어, 왔어? 들어와"라고 했다. 마치 예상하고 있었다는 듯이.

마루 한쪽의 방문이 조금 열려 있었다. 고3 수험생 딸이 붉은색 전등을 켜고 책상에 앉아 있었다. 우리는 정작 그분한테는 아무 말도 하지 못했다. 그렇게 찾아간 것만으로도 우리가 할 말은 한 셈이니 "잘 지내시지요?"라는 인사 외에는 딱히 입으로 할 이야기는 별로 없었다. 대신 만만해 보이는 수험생한테 큰소리를 쳤다.

"공부 열심히 해봐야 아무 소용없어. 우리처럼 되고 싶어? 지금 우리가 좋아 보여?" 그러다가 마루에서 잠이 들었다. 일어나 보니 아침이었다. 황당해서 급히 나오는데 수험생을 학교에 데려다주고 오는 사모님과 집 앞에서 딱 마주쳤다. "아침을······" 이라고 하는 말씀이 끝나기도 전에 우리는 "죄송합니다" 하고 냅다 뛰었다. 뛰는 중에 애초에 "김 부장 보고 싶다"고 했던 후배가 말했다. "사모님이 보살처럼 생기시지 않았어?" 김국은 얼마 지나지 않아서 회사에 복귀했다.

에피소드 1

　　김국은 1980년대 『한국일보』에서 문학담당 기자로 이름을 날렸다. 문학에 관심 있는 사람치고 김훈·박래부 기자의 '문학기행'을 모르는 이는 없었다. 『시사저널』에 부임해 와서 사회부장을 할 때는 우리 기자들 사이에 '원래 사회부 기자로 뛰어났다'는 말이 돌았다. 과연 그랬다. 특히 중요한 인물과의 인터뷰를 잘했다. 문장은 말할 것도 없었다. 『시사저널』에는 한다 하는 글쟁이들이 여럿 있었는데, 그중에서도 돋보였다. 후배로서 배울 것이 많았다. 잡지의 맨 마지막에 실리는 '시론'의 필자로서는 가장 젊은 나이에 데뷔했다. 파격적이었다. 박권상, 안병찬, 박순철 씨 등 김국보다 적어도 10년 선배들이 쓰던 칼럼이었다. 아마도 『한국일보』 시절부터 김국을 잘 알던 안병찬 편집인이 시론 필진에 포함시켰을 것이다.

『한국일보』 시절 '문학 기사를 비평 수준으로 끌어올렸다'는 평을 듣던 선배이고 보니, 문화부 기자인 나로서는 기대하는 바가 컸다. 김국 앞에서는 조금 긴장이 되기도 했다. 그러나 무엇 때문인지는 몰라도 김국은 문화부 기사에 대해 가타부타 말이 없었다. 잡지 전체를 '리뷰'할 때도 마찬가지였다. 문화부 기자들과는 그저 놀러만 다녔다. 여름이면 점심 시간에 구기동 쪽 북한산 골짜기로 가서 계곡물에 몸을 담그고 할머니가 이고 오는 광주리 밥을 사먹으며 놀았다.

그래도 지나가듯 한마디 툭 던져준 것이 내게는 퍽 인상적이었다.

"문화부 기사는 사뿐사뿐 발랄하고 경쾌해야 돼. 그래도 하드웨어를 단단하게 잘 만들어야 발랄이고 경쾌고 있는 거야. 그게 허약하면 기사로 성립이 안 돼."

또 지방으로 출장을 갈 때면 불러서 한두 마디 보태주었다.

"광주 가니? 임동확과 김경주를 만나라. 그 둘을 통하면 광주에서 못 찾을 사람이 없다." "제주도 간다며? 『제민일보』에 가서 송상일 선생께 인사부터 드려라. 뛰어난 인문주의자시다." 나는 김국의 말을 그대로 따랐다.

1998년 1월이었다. 김국이 내 자리로 오더니 말했다.

"야, 성우제 씨, 경주 안 가나?"

"경주는 왜요? 토우전 때문에요?"

"그래 함께 가자."

당시 국립경주박물관에서는 '신라시대 토우 특별전'이 열리고 있었다. 김국은 그것을 보고 싶었던 모양이다. 그분은 좋은 전시가 있으면 미술담당인 나와 가끔씩 구경을 가곤 했었다. 국립경주박물관이 오랫동안 준비해온 특별전이어서, 나도 가서 보고 기사를 쓰려고 했던 참이었다.

편집국장이 함께 가니 당연히 취재차를 요청했으나 김국은 기차를 타자고 했다. 경주박물관에 도착해서 관장실을 찾았다. 강우방 관장은 김국이 함께 온 것을 보고 "아이고, 김훈 씨가 오셨군요" 하며 우리를 반갑게 맞았다. 두 분은 서로 잘 아는 모양이었다.

전시장 문이 닫히고 일반 관람객이 모두 나가기를 기다렸다가 강 관장은 우리가 토우를 자세히 들여다볼 수 있도록 배려해주었다. 곁에서 설명을 해주었고 사진기자가 촬영을 하는 데도 특별한 도움을 주었다. 김국과 함께 있었기 때문에 가능한 일이었다. 나는 강 관장에게 이것저것 질문을 했다. 김국은 아무것도 묻지 않고 그저 듣기만 했다. 담당 기자를 존중해서 일부러 나서지 않는다는 느낌을 받았다.

그날 저녁 우리는 감포에 가서 묵었다. 서울로 올라와서 나는 많이 놀랐다. 김국은 나에게 자기가 쓴 비용이 얼마냐고 묻고는 수표를 내밀었다. 사진기자와 내가 받은 출장비만으로도 부족하지 않았는데 말이다. 게다가 김국이 이틀 동안 휴가를 냈다는 사실을 그제야 알았다.

1990년대 중반 원(源) 『시사저널』의 편집국 워크숍. 유가 부수 15만이 넘었던 우리 잡지의 최전성기였다.
절반 이상의 기자가 사진에서 보이지 않는데, 취재 약속 때문에 못 왔거나 일찍 가서 그랬을 것이다.

에피소드 2

김훈은 유명한 소설가이기에 앞서 인터뷰를 빼어나게 잘하는 기자였다. 『한국일보』에 재직할 때는 지면으로만 보았으나, 한 직장에 있다 보니 기사화하지 않은 질문과 인터뷰 스타일까지 직접 듣고 볼 수 있었다. 미당을 만났을 때 했던 질문이 인상적이었다.

김훈: "선생님, 러시아 여자와 살은 대보셨습니까?"
미당: "이 사람아, 내가 지금 나이가 몇인데 그러나?"

1990년대 중반 미당 서정주 시인이 부부 동반해서 러시아에 공부하러 갔다가 1년 만에 돌아온 적이 있다. 그 직후에 했던 인터뷰였다.

다른 자리에서 내가 미당을 따로 만날 기회가 있었다. 그때 그분은 이런 말을 했었다.

"훈이는 잘 있는가? 훈이는 아무리 해도 지 아버지(김광주) 못 따라가."

미당이 '훈이'를 대단히 예뻐한다는 느낌이 들었다. 김국은 우리에게 부친 이야기를 가끔 했었다. 김광주 선생은 일제강점기에 상하이에서 의학 공부를 하다가 임시정부에 합류했고, 김구 선생 비서로 광복 후 한국에 들어왔다. 이후 언론계로 나와 경향신문 편집국장 등을 지냈으며, 소설가로도 유명했던 분이다. 김국은 이런 말도 했었다. "아버지가 병석에 계실 때 누워서 소설을 구술하시면 내가 받아 적어 연재하는 신문사에 갖다 줬다."

1995년 제1회 광주비엔날레가 열렸을 때 비디오아티스트 백남준 씨가 한국에 왔었다. 그분과 인터뷰를 하고 싶었다. 다른 매체와 다르게 쓸 방법을 찾다가 김훈 편집국장을 떠올렸다. 김국이 백남준 선생을 인터뷰하면 '그림'과 '이야기'가 될 것 같았다. 김국은 흔쾌히 수락했다.

일찌감치 광주에 가 있던 백남준 씨와 직접 통화해 인터뷰 약속을 했다. 나는 취재차 광주에 먼저 내려갔고, 김국은 인터뷰 시간에 맞추어 당일 새벽 버스를 탔다. 백남준 씨와는 오후 3시 '백남준 특별전'이 열리는 광주시립미술관 앞에서 만나기로 했다. 김국을 만나서 함께 백 선생을 기다리고 있는데, 저 멀리서 둔중한 몸이 뒤뚱뒤뚱 다가왔다. 멀리서도 금방 알아볼 수 있었다. 멜

빵바지를 입은 백 선생이었다. 나는 그쪽으로 가서 말했다.

"선생님, 3시에 만나기로 약속했던 기자입니다. 김훈 편집국장이 저기 와 계시는데, 어디서 이야기를 나누면 좋을까요?"

"뭐라고? 난 그런 약속한 적 없는데?"

"아니, 3시에 여기서 만나기로 약속했습니다. 그래서 지금 여기 오신 거잖아요. 저희 편집국장이 서울에서 일부러 인터뷰하러 오셨거든요."

"난 몰라. 나 바빠. 지금 빨리 가봐야 해."

그러고는 또 뒤뚱뒤뚱 가버렸다. 그렇게 가버리는 분을 붙잡아 올 수도 없고 해서 참 난감했다. 눈앞이 캄캄해지는 느낌이었다. 바쁜 편집국장을 광주까지 내려오게 해서 헛걸음을 하게 만들었으니 불호령 떨어질 것이 뻔했다. "너, 도대체 일을 어떻게 한 거야?"라고. 변명을 만들 틈이 없기도 했지만, 그냥 솔직하게 말하는 것이 좋겠다는 생각이 들었다. 김국은 내가 백 선생에게 말을 거는 모습, 백 선생이 손사래를 치며 그냥 가버리는 모습을 모두 지켜본 터였다.

"백 선생이 약속을 기억하지 못합니다. 인터뷰를 못하겠답니다. 죄송합니다."

김국은 딱 한마디만 했다. 뜻밖이었다.

"괜찮아. 천재는 그럴 수 있어."

그러고는 우리 취재 차량 기사를 불렀다.

"오 기사, 나 고속버스 터미널까지만 태워줘요."

김국에 대한 존경심이 갑자기 분출하는 순간이었다.

그날 저녁 백 선생은 내가 해야 할 욕을 오히려 자기가 하고 있었다. 무대에서 퍼포먼스를 하면서 청중을 향해 "어떤 놈이 사진을 찍어"라며 욕설을 퍼부었다. 그의 푸짐한 욕설은 지루하던 퍼포먼스 공연을 재미있고 긴장감 넘치게 만들었다. 언제 욕이 터져 나올지 몰라 산만하던 객석은 물을 끼얹은 듯 고요했다.

서울에 올라온 나는 만회를 하고 싶었다. 약이 오르고 화가 많이 났다. 백 선생이 출국하기 전에 어떻게든 인터뷰를 만들고 싶었다. 백 선생 일정을 관리하던 갤러리현대 관계자에게 광주에서 벌어진 상황을 설명하고 시간을 만들어내라고 요구했다. 연락이 오기는 왔는데 이번에는 약속 시간이 참 해괴했다. 밤 11시. 장소는 세검정 올림피아호텔 커피숍. 백 선생이 묵는 호텔이었다. 김국은 고맙게도 밤늦은 시간까지 말없이 기다려주었다.

나는 녹음기와 필기구를 들고 따라갔다. 김국이 물었다.

"선생님께 미디엄과 메시지는 어떻게 관계가 있는 겁니까?"

백 선생은 의자에 비스듬히 앉아 눈을 게슴츠레 뜨고 만사 귀찮다는 듯이 말했다. 인터뷰어를 불쾌하게 만들 만한 대단히 불친절하고 심드렁한 말투였다.

"미디엄이 메시지고, 메시지가 미디엄이지, 뭐."

나는 또 당황했다. 사람을 무시하는 듯한 저런 태도와 답변이면 이번 인터뷰도 망했구나 싶었다. 인터뷰어로서는 다음 질문하기가 여간 어렵지 않을 것이다. 그러나 김국은 당황한 기색이 없었다. 오히려 '그런 대답 나올 줄 알았다'는 듯이 냉정하게 그 상황을 돌파해나갔다.

"이번 전시회는 통신과 예술이 결합됨으로써 빚어지는 새로운 자유의 공간과, 그 공간에서의 창조 가능성을 모색하고 있는 것으로 이해했습니다. 이 새로운 자유의 영역 안에서 메시지는 인간에게 어떻게 작용하고 있는 것입니까?"

순간 백 선생의 눈빛이 반짝하고 달라지는 것이 보였다. 의자를 당겨 반듯하게 앉더니 정색을 하고 말했다.

"어, 이 사람, 뭘 좀 아네?"

그때부터 인터뷰는 거침없이 나아갔다. 열정적인 인터뷰였다. 갑자기 달라진 백 선생은 마치 청년처럼 격정적으로 말을 쏟아냈다. "경기중학을 다니던 때 나는 좌익이었다" 같은 처음 듣는 이야기들이 줄줄 흘러나왔다. 인터뷰는 3시간 가까이 이어졌다. 옆에서 듣기만 해도 지루한 줄 몰랐다.

다음날 김국한테 가서 "제가 녹음을 풀어드릴까요?"라고 물었다. 인터뷰에 배석한 젊은 기자가 녹음을 풀어 활자화하면 인터뷰어인 편집국 간부가 마무리하는 관례가 있었다. 질문지 작성은 물론 녹음도 중요한 대목만 간추려서 가져오라는 분도 있던 시절이었다.

그러나 김국은 달랐다. "아냐, 내가 할게. 녹음테이프 이리 줘" 하고 끝이었다. 바로 이런 점 때문에 우리는 김국을 좋아했다.

광주까지 내려온 김국으로 하여금 헛걸음하게 한 것도 백남준 선생의 퍼포먼스가 아니었을까 싶었다. 두번째 질문에 돌변하는 태도를 보고 난 뒤 그런 생각이 들었다. 화를 내는 대신 "천재는 그럴 수 있다"며 불평 없이 발길을 돌린 김국의 행동도 평범한 것은 아니었다. 퍼포먼스까지는 아니었다고 해도 말이다.

에피소드 3

　　　　　우리 편집국의 모 간부와 기자들이 첨예하게 대립한 적이 있었다. 그 간부는 사내외 정치를 통해 개인의 이익을 도모했고, 기자들은 거기에 반발했다. 갈등이 커지는 바람에 기자협의회가 공식적으로 문제를 제기했다. 회사 복도에 해당 간부의 해명을 요구하는 대자보를 붙였다.

　대자보의 파장은 엉뚱한 곳으로 번져갔다. 이 사안과 아무런 관련이 없는 김훈 사회부장이 사표를 내고 사라진 것이다. '편집국 간부의 한 사람으로서 이 참담한 상황을 앞에 두고 너무나 부끄럽다. 이런 상황을 만든 책임을 통감한다. 후배들을 볼 면목이 없다'는 내용의 편지를 남겼다(대자보를 붙인 것 같은데 확실하지는 않다). 문제의 인사는 미동도 하지 않았다.

　전혀 예기치 못한 일이 벌어지는 바람에 기자들은 당황했다.

김훈 선배의 사직서는 다른 뜻이 있는 것이 아니고 액면 그대로였다. 이런 상황까지 오게 한 데 대해 선배로서 미안하다는 마음이 담겨 있었다.

기자들이 찾아가고, 일부러 자리를 만들어 모셔오고 하는 여러 과정을 거쳤으나 그분은 돌아오지 않았다. 문제가 공론화하고 해당 인사가 회사 차원에서 중징계를 받고 나서도, 한참이 지난 다음에야 김 선배는 복귀했다. 엉뚱한 일탈 행동으로 볼 수도 있겠으나, 그것은 눈앞에서 벌어지는 비루하고 굴욕적인 상황을 못 견뎌하는 일종의 결기를 보여주는 행위였다. 설득하고 붙잡아 오느라 괴롭기는 했으되 그 행위 자체는 멋있어 보였다.

그의 이같은 결기는 소설 『칼의 노래』로 동인문학상을 받은 뒤에 했던 인터뷰에서도 읽을 수 있었다. 『칼의 노래』는 마지막 사표를 내고 난 다음에 쓴 첫번째 소설이었다.

(『시사저널』 편집국장을) 그만두겠다고 생각했을 때 단 10분도 머뭇거리지 않고 집어치웠다. 내가 생각해도 전광석화 같았다. 그건 직장과 가족, 나 모두를 위해 잘한 일이었다고 생각한다. 아내와 아이들도 그 점을 지지해주었다. 타협할 수 없는 것과 타협하지 않았다는 것.

에피소드 4

　　　　『시사저널』이 모기업의 부도로 2년 가까이 표류
하다가 새로운 주인을 만나 재출범한 직후 다른 언론사에 가 있
던 김국이 돌아왔다. 새 주인은 예전에 많은 기자들이 따랐던 선
배인 김국을, 재출범하는 편집국의 첫 수장으로 다시 모셔왔다.
그것은 편집국을 빠르게 안정시키는 가장 좋은 선택이라고 나는
믿었다. 새로운 오너를 만나는 과정에서 여러모로 실망을 많이
했던 나는, 다른 매체로 옮겨갈 준비를 하던 중이었다. 김국이 오
는 바람에 나는 생각을 바꾸었다. 이런 선배 밑에서 일한다면 개
인적인 실망 같은 것은 문제가 되지 않을 수도 있었다. 2000년 봄
이었다.

　과거 문화부 기사에 대해 가타부타 말이 없던 김국은, 회사를
떠나서는 많이 달랐다. 가끔씩 전화를 걸어와 "이것이 좋아 보이

니 관심을 가져보라"고 이야기하곤 했다. 간송미술관 최완수 연구실장이 『겸재 정선 진경산수화』를 펴냈을 때, 겸재가 그림을 그린 바로 그 장소를 저자와 함께 찾아가서 보라는 아이디어를 주기도 했다. 그해 최악의 가뭄 사태가 벌어지는 바람에 최 실장이 "마음이 편치 않다"며 미루자고 해서 결국 무산되었으나, 퍽 흥미로운 아이템이었다.

김국이 복귀했다고 해서 문화부 일과 관련해서는 별 기대를 하지 않았다. 나는 김국이 와준 것만으로도 많이 고마웠다. 그즈음 편집국에서는 특집 기사 기획안을 제출하라고 했다. 잡지가 새롭게 출범하는 마당이니 독자의 눈길을 끌 만한 대형 특집물이 필요했다. 마침 중국 본토에서 한류 바람이 일기 시작했다. 대만·홍콩에서 시작된 클론·안재욱·HOT 등의 인기가 대륙을 강타하기 직전이었다. 기획안을 냈더니 바로 다녀오라고 했다. 마침 베이징과 상하이에서 대규모 합동 공연이 예정되어 있었다. 2000년 가을이었다.

김국이 회사 옆 커피숍에서 잠깐 보자고 했다.

"언제 가니?"

"모레 가려고 합니다."

"얼마 동안이나?"

"4박 5일이면 충분합니다."

"열흘 다녀와. 출장비 넉넉하게 줄 테니까."

"예?"

"그런 곳에 가서 그냥 보면서 노는 것도 공부하는 거니까, 여기저기 구경하고 와."

출장은 빠듯하게 가는 것이 상례였다. 비용이 많이 드는 해외 출장은 말할 것도 없었다. 그런데 김국은 뜻밖에도 나더러 "놀다 오라"고 했다.

김국과 커피를 마실 즈음, 그분이 경쟁지와 가진 인터뷰 때문에 편집국이 소란스러웠다. 분위기가 조금 이상하게 돌아간다는 느낌을 가지고 나는 비행기에 올랐다. 출장 중에 편집국으로 전화했을 때, 느낌은 확신으로 바뀌었다. 출장을 마치고 돌아왔더니 김국은 사표를 내고 없었다. 그분의 마지막 사표였다.

김국은 마지막 사표를 내고 쓴 첫번째 소설 『칼의 노래』 서문을 이렇게 시작했다. "2000년 가을에 나는 다시 초야로 돌아왔다. 나는 정의로운 자들의 세상과 작별하였다." 나는 두번째 문장이 의미하는 바를 누구보다 잘 이해할 수 있었다.

김국이 사라졌으니 나는 그 회사에 더 이상 마음 붙일 곳이 없었다. 바로 그때부터 떠날 준비를 했고, 1년 6개월 후 캐나다로 건너왔다. 물론 똑같은 이유 때문은 아니었지만, 동료 기자들도 몇 년 뒤 모두 그 회사를 떠나 『시사IN』이라는 매체를 창간했다. 그들은 회사 수뇌부가 보이는 자본권력에 대한 굴종과 비굴함을 참지 못했다. 그들은 타협하지 않았다.

김국은 선배로서 한솥밥을 먹으면서도 후배들, 최소한 나 같은 후배를 가르치려고 하지 않았다. 그 대신 글로든 행동으로든 그는 본인 스스로 무엇을 보여주었다. 특히 비루하고 비겁한 꼴은 보아 넘기지 못했다. 그 세대 선배 중에 비루한 것을 비루하다고 내놓고 말한 거의 유일한 분이었다. 때로는 너무 직설적이어서 우리를 당혹스럽게 만들기도 했으나, 은연중에 후배들에게 큰 영향을 끼친 것이 있었다. 최소한 나는 그렇게 생각한다. 그가 말했던 바로 이것.

"타협할 수 없는 것과 타협하지 않았다는 것."

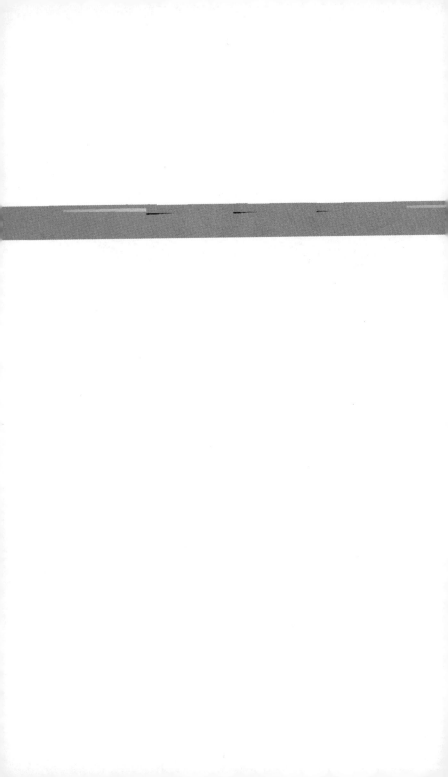

박이추 선생님

일본 규슈에서 나고 자랐다. 1979년 한국에 건너와 목장을 하다가 1988년부터 커피업에 종사해왔다. 커피를 깊이 연구하고 정보를 공유해 스페셜티 커피를 대중들에게 널리 알리는 데 크게 기여했다. 한국커피문화협회 초대회장을 지냈으며, 지금은 강원도 강릉에서 작업하고 있다.

에스프레소의 충격,

보헤미안으로 이어지다

1990년대 중반부터 나는 마니아가 되어 커피에 푹 빠져 살아왔다. 커피가 희귀한 음료도 아닌데 '마니아'라니? 이상할 법도 하지만 1990년대까지만 해도 한국에서는 커피 마니아 노릇을 할 수 있었다. 좋은 커피를 마시기가 쉽지 않았기 때문이다. 커피 볶는 집이 전국적으로 채 스무 곳도 되지 않던 시절이었다.

커피 마니아 생애의 출발점은 1996년 프랑스 칸 영화제 출장이었다. 그곳에서 나는 에스프레소를 처음 만났다. 프레스센터 바에서 커피를 주문했더니 난생처음 보는 이상한 것을 커피라고 내주었다. 만드는 과정부터 신기해 보였다. 원두를 갈아서 손잡이가 달린 작은 용기에 담아 다져 넣고는, 큰 기기에 끼워 스위치를 눌렀다. '윙' 하는 소리와 함께 김이 나는 검은 물이 간장

종지 같은 잔으로 졸졸 흘러내렸다. 갈색 거품이 검은 물을 살짝 덮었다.

말로만 듣던 에스프레소였다. 당시 내가 주로 마시던 커피는 인스턴트가 전부였다. 커피메이커로 만드는 원두커피는 알고 있었지만 맛이 안 좋고 비싸서 접하기가 어려웠다. 그것은 분위기 좋은 커피점에서 사람을 만날 때 마시는 커피였지 일상적으로 즐길 만한 음료는 아니었다. 그런 나에게 이렇게 검은 물을 커피라고 내주니 놀랄 만한 일이었다.

에스프레소를 처음 입에 댔을 때 쓰다는 느낌부터 왔다. 그런데 입에 조금 머금은 쓴 커피에서 뜻밖의 맛이 나기 시작했다. 시기도 하고 달기도 한 정체 모를 맛이 향기와 더불어 입안 가득 남았다. 무엇보다 커피를 다 마시고 난 다음 종지 같은 잔에서 맡을 수 있는 향기가 이루 말할 수 없이 좋았다. 칸에 온 사람들이 풍기고 다니는 향수보다 훨씬 고급스럽고 기분 좋게 하는 향기였다.

놀라운 것은 또 있었다. 덩치 큰 유럽 기자들은 작은 잔에 담긴 그 쓴물을 소주잔처럼 홀짝거렸다. 맛과 향은 물론 그것을 마시는 모습까지 신기해서, 출장 기간 내내 나는 틈만 나면 프레스센터 커피바에 들러 속이 아플 만큼 에스프레소를 마셨다.

서울에 돌아온 직후 또 다른 커피를 만날 수 있었다. 고려대 근처에서 점심 식사를 함께 했던 분이 "커피 잘하는 곳이 있다"며 가자고 했다. 외국에서 공부한 그분은 예전부터 커피 이야기를 자주 했었다. "누가 외국에서 사온 커피를 나눠주길래 맛을 봤더니 기가 막히더라"라고 자랑을 하기도 했다. 자동판매기 커피를 주로 마시던 나는 속으로 '커피가 뭐라고 저렇게 즐거워하고 자랑까지 하시나' 했었다.

그분이 나를 데려간 곳은 안암동 개운사 가는 길에 있었다. 좁은 골목의 허름한 건물 지하. 그 입구에는 '인터내셔널커피하우스 보헤미안'이라는 작은 간판이 달려 있었다. 고상하고 고급스러운 분위기의 커피점을 예상했던 나에게는 조금 뜻밖이었다. 마치 극소수의 사람들만 알고 찾아가는 숨겨진 맛집 같은 분위기였다.

계단을 하나씩 밟으며 지하로 내려갈 때마다 냄새가 조금씩 더 진해지기 시작했다. 지하실 냄새와 커피 냄새가 뒤섞인 듯했다. 커피점 실내 분위기도 바깥과 별로 다를 바 없이 소박했다. 커피를 수확하는 농부의 모습 등이 그려져 있는 벽화가 눈에 들어왔다. 나로서는 처음 보는 그림이었다.

주문한 커피가 나왔다. 얇고 하얀 도자기 잔에 담겨 있었다. 커피는 거품은 물론 잡티 하나 없이 맑고 깨끗했다. 함께 간 분이 "아무것도 넣지 말고 블랙으로 먼저 마셔보라"고 했다. 입에 한 모금 머금자 빡, 하고 충격이 왔다. 이게 커피냐 탕약이냐 싶게 아주 진하고 강한 맛이었으나 입안에 좋은 느낌이 남았다. 에스프레소를 마실 때와는 또 다른 느낌이었다.

칸에서 그랬던 것처럼, 보헤미안 주인이 커피를 만드는 방식을 눈여겨보았다. 주인은 작은 저울에 원두를 올려놓고 무게를 재더니 분쇄기에 넣고 스위치를 눌렀다. 가루처럼 분쇄한 커피를 종이 필터가 꽂힌 깔때기에 털어 넣고는, 주전자를 돌려가며 뜨거운 물을 살살 부었다. 날렵하게 생긴 주전자의 긴 주둥이로 가느다란 물이 떨어졌다. 커피 가루가 위로 넘칠 듯이 부풀어 올랐다가 아래로 꺼지면, 다시 물을 부었다. 그렇게 서너 번을 반복했다. 깔때기 아래에 놓인 유리 주전자로 검은 물이 흘러내렸다.

'드립 커피'라고 했다. 커피메이커와 다른 점은, 사람이 주전자를 사용해 물을 떨어뜨린다는 것이었다. 커피를 만드는 과정이 칸 영화제 프레스센터에서 본 것보다 재미있었다. 에스프레소는 기계가 만든다는 느낌을 주었으나, 이 커피는 사람 손으로 만드는 것 같았다. 시간도 조금 더 걸렸다.

커피를 만드는 과정이, 주인의 진지한 표정 및 느릿느릿한 동작과 합쳐져서 한 편의 퍼포먼스 같았다. 주인이 내린 커피를 종업원이 손님 자리에 날랐다. 주인은 자기 전용석인 듯한 자리에 앉더니 줄곧 책을 보고 있었다. 일본 잡지 같았다. 함께 갔던 분이 말했다.

"독특한 사람이야. 말은 안하고 저기 앉아서 늘 커피 책만 보더군."

보헤미안에서 처음 맛본 이상한 커피가 자꾸 떠올랐다. 과음한 다음날 오후에 술 생각이 나는 것과 비슷한 느낌이었다. 며칠 후 보헤미안을 다시 찾아갔다. 커피점에 사람을 만나러 간 것이 아

니라 커피를 마시러 간 것은 그때가 처음이었다.

커피를 마시러 갔으니 오로지 커피에 집중할 수 있었다. 보헤미안에 혼자 드나들면서 '하우스 블랜드(여러 가지 종을 섞어 만든 커피)'에 이어, 케냐AA니 콜롬비아 수프리모니 에티오피아 예가체프니 하는, 이름도 처음 듣는 커피들을 하나씩 마셔나갔다. 설탕과 크림을 넣기도 빼기도 하고, 하나만 넣어보기도 했다. 내가 모르고 살던 오묘한 세계가 있었다.

보헤미안 커피는 정신이 번쩍 들 정도로 강하고 진했다. 당시만 해도 보헤미안뿐만 아니라 일본에서 커피를 배웠던 로스터들은 커피를 태울 듯이 진하게 볶았다. 가장 놀라운 점은 그 쓰고 진하고 강한 블랙커피에서도 달콤하고 고소한 맛을 느낄 수 있었다는 사실이었다. 에스프레소가 그랬던 것처럼 보헤미안 커피역시 다 마시고 난 뒤에도 좋은 맛과 향이 입안에 오래 머물렀다. 빈 잔에서 맡을 수 있는 냄새 또한 좋았다. 고급스러운 향기였다.

그때부터 나는 좋은 사람과 좋은 예술, 그리고 좋은 커피에는 공통점이 있다고 이야기하고 다녔다.

"뒷맛이 좋다."

보헤미안 주인이 커피를 내릴 때마다 나는 가까이 가서 자세히 지켜보았다. 물을 부었을 때 신선한 커피라야 풍선처럼 크게 부풀어 오른다고 했다. 커피의 생명은 바로 그 신선함이었다. 커피를 생선회나 채소 다루듯 한다는 느낌이 들었다. 물을 부을 때마다 주인은 곁에 둔 초시계를 자꾸 들여다보았다. 커피 내리기는 30~40초 만에 끝났다. 1인분은 물 150시시에 커피 15그램을 사용한다고 했다.

이후 나는 틈만 나면 보헤미안을 찾아갔다. 당시 커피 한 잔 값은 하우스블랜드가 3천 원이었고 산지별 커피는 조금 더 비쌌다. 커피를 마시면서 박이추 보헤미안 사장에게 이것저것 궁금한 것을 물었다. 그분은 "매주 수요일 이곳에서 커피교실이 열리고 있으니 커피에 대해 좀더 알고 싶으면 나오라"고 했다. 커피도 공부를 하나 싶어 처음에는 의아했지만, 귀가 솔깃하기는 했다.

그때부터 수요일 저녁에 열리는 커피교실에 꼬박꼬박 참석했다. 커피의 매력에 빠져들기도 했지만, 마침 직장에서 갖게 된 일종의 위기감 때문에 몰입할 취미를 찾던 터였다. 기자 생활을 한 지 10년 가까이 되는 시점이었다. 매주 이어지는 기획과 취재, 기사 마감에 지치기도 했고 무엇보다 매너리즘을 견디기 어려웠다. 다음 주에 쓸 기사 아이템이 떠오르지 않으면 밤에 잠을 자지 못할 정도로 스트레스를 받았다.

보헤미안 박이추 선생님은 나를 만날 때마다 늘 꿈 이야기를 해주셨다. 오대산과 경포대를 거쳐 동해안
작은 마을로 들어간 것도 보헤미안의 오래된 꿈이었다. 보헤미안은 지금 미얀마에 농장을 만들고
커피나무를 직접 키우겠다는 꿈을 꾸고 있다.

커피는

지적 활동의
윤활유입니다

어느 취재원과 인터뷰를 하던 중에 내 개인적인 고민을 털어놓게 되었다. 그는 내게 어떤 것이라도 좋으니 취미를 가져보라고 권했다. 취미 활동을 하면서 얻는 즐거움이 새로운 활력으로 작용할 수 있다는 얘기였다. "취미가 나중에 직업으로 연결될 수도 있고……"

처음에는 커피가 취미의 대상이 될 수 있겠나 싶었으나, 보헤미안 정도의 고급 커피라면 배우고 즐길 만했다. 대다수 사람들이 커피라고는 인스턴트밖에 모르던 시절이었다. 좋은 커피를 찾고, 마시고, 깊이 알아가는 것은 새롭고 즐겁고 남한테 자랑도 할 수 있는 일이었다. 그즈음 보헤미안에서 본 문구가 눈에 쏙 들어왔다. 한국의 '커피 전설' 가운데 한 분인 다도원의 박원준 선생이 했다는 말이었다.

"커피는 지적 활동의 윤활유입니다."

커피교실에는 커피점 운영자, 운영 희망자, 커피에 관심이 있는 대학생·대학원생 등 10여 명이 참석했다. 나는 커피를 업으로 하지 않는 유일한 직장인이었다.

커피교실을 만든 분은 보헤미안 주인이었으나, 수업은 주로 박상홍 선생이 이끌었다. '일서쓰리박'(커피업계에서 전설로 통하는 서정달, 박원준, 박상홍, 박이추 씨에게 후배들이 붙여준 애칭. 앞의 두 분은 고인이 되었다) 가운데 한 분인 박상홍 선생은 1960년대 일본 오사카에서 커피를 공부한 커피계의 원로였다. 커피를 감별하는 탁월한 미각을 지녔을 뿐만 아니라, 커피에 관한 모든 것에 해박한 분이었다. 커피가 언제 어떻게 발견되었으며, 어떤 경로를 통해 전 세계로 퍼져나갔고, 어떤 연유로 세계에서 가장 많은 사람들이 즐기는 음료가 되었는가 하는 이야기를 나는 처음으로 들었다. 흥미진진했다. 커피의 전 세계 유통 규모가 석유에 이어 2위라는 것도 흥미로운 이야기였다.

커피교실 수업료는 3천 원. 보헤미안 하우스블랜드 커피 한 잔 가격이었다. 커피교실에서는 참석할 때마다 3천 원만 내면 산지별 고급 커피를 서너 잔은 마실 수 있었다. 방금 마신 커피에 대해 설명을 듣고 함께 품평했다. 커피를 주전자로 직접 내려보고, 내리는 방식에 따라 맛이 어떻게 다른지를 보고 들었다. 어떨 때는 커피를 볶는 모습을 직접 구경했다.

박상홍 선생님은 커피 맛을 품평하면서도 전문가연하는 다른 사람들처럼 호들갑을 떨지 않았다. 그분은 "이 커피는 신맛이 강하다. 산지의 이런저런 특성 때문이다"라고 단순하게 이야기 했다.

커피교실에 나가기 시작하면서 나로서는 이해가 안 되는 것이 하나 있었다. 보헤미안 주인은 커피교실이 열리는 시간이면 커피교실 '학생'들을 일반 손님보다 우대했다. 음악을 껐고, 손님에 대한 서비스보다는 커피교실에 더 열중했다. 커피교실 강사로 직접 나서기도 했다. 누가 커피교실 열어달라고 의뢰한 것도 아니고 커피교실로 수익이 생기는 것도 아닌데, 커피와 커피에 관한 지식, 정보까지 제공하면서 왜 그렇게 정성을 쏟을까 싶었다.

커피교실에서 만나 '사장님'이 아닌 '선생님'으로 부르는 것이 더 자연스러울 무렵이 되어 나는 평소 궁금해했던 것에 대해 물어보았다.

그때 두 가지 이야기를 들었다. 그분이 커피와 인연을 맺고 살아온 내력과 커피의 좋은 점을 세상에 알리고자 하는 꿈에 관한 이야기였다. 박이추 선생님은 커피에 대해 이렇게 말했다.

"커피에는 사람의 정신을 일깨우는 에너지가 들어 있다. 그 에너지는 사람에게 활력과 생기를 만들어준다."

나는 활력과 생기를 만들어준다는 말이 좋았다.

협동농장을
꿈꾸던

재일동포 2세

　　　박 선생님은 1949년 일본에서 규슈에서 나고 자
란 재일동포 2세이다. 일본에서 낙농학교를 졸업하고 목부로 일
하다가, 서울대에서 공부하던 형을 따라 한국에 건너왔다. 1979
년이었다. 그분은 일찍부터 이스라엘 키부츠 같은 협동농장을
만들고 싶다는 꿈을 가지고 있었다. 그 꿈을 펼치려고 경기도 포
천과 강원도 문막에서 옥수수를 심고 젖소를 키우는 목장을 운
영했으나 현실의 장벽은 너무 높았다. 실패와 좌절이 이어졌다.
우리말이 서툰 재일동포 2세 젊은이로서는 꿈을 현실화하는 것
은 고사하고 낯선 땅에 정착하기조차 쉽지 않은 일이었다.

　　"이렇게 옥수수를 서른 번만 심으면 내 인생이 끝나겠구나 하
는 불안감이 생겨났다. 새로운 인생을 찾아야 했다."

　　우유를 생산하면서 눈여겨보던 것이 하나 있었다. 1980년대 들

어 우유는 수요가 폭발적으로 늘어나면서 우리나라에서 대중 음료로 자리를 잡았다. 박 선생님은 커피가 우유의 뒤를 따르리라고 확신했다. 일본의 음료 시장도 앞서 그렇게 흘러갔기 때문이다. 당시 그분의 형편으로 보아서는 우유를 생산하는 데는 여러모로 무리가 따랐으나, 커피를 하면 한국에서도 별 문제가 없을 것 같았다. 당시만 해도 인스턴트커피 시장만 성장했을 뿐, 원두커피 시장은 인스턴트와 비교하면 없는 것이나 다름없었다.

그때까지만 해도 한국에서는 커피하면 인스턴트커피였고, 진짜 커피는 '원두커피'라는 이상한 이름을 가지고 변방으로 밀려나 있었다. 주객이 전도된 셈이다. 한국전쟁 이후 미군 전투식량 시레이션에 들어 있던 인스턴트커피가 한국 시장으로 흘러나오면서 인스턴트는 커피의 대명사로 자리매김했다. 커피의 그런 전통이 지금까지도 이어져서, 2000년대 들어 우리나라에 커피점이 폭발적으로 늘어났으나 커피 소비량으로만 보자면 커피의 제왕은 여전히 인스턴트이다.

1980년대만 해도 원두커피를 다루는 전문점 중에서 커피의 제맛을 내는 곳이 거의 없었다. 극소수의 호사가들만 좋은 커피를 누렸을 뿐 일반 대중에게 원두커피는 비싸고 맛없는 것일 뿐이었다. 다만 고급스러운 분위기 때문에 원두커피점을 찾았을 뿐이다.

그런 한국의 커피업계를 바라보면서, 박 선생님은 진짜 커피가 대중들에게 크게 사랑받는 시대가 곧 오리라 예감했다. 일본에는 커피 볶는 집이 골목골목에 생겨났고 커피 애호가들은 자기 취향에 맞는 커피점을 찾아다녔다. 두 가지 점을 충족시켜야 좋은 커피였다. 좋은 맛과 저렴한 가격.

1983년부터 박 선생님은 일본을 드나들며 커피업계를 돌아보기 시작했다. 일본은 예상보다 훨씬 앞서 나가 있는 커피 선진국이었다. 일본의 커피 전문학원에 등록해 공부하고 그곳 전문가들과 교류하기 시작했다.

그분이 한국에 커피점을 연 것은 커피에 입문한 지 5년이 지난 1988년이었다. 서울 혜화동 로터리 2층에 자리 잡은 '보헤미안'이었다. 그때 이후 그분의 커피점 이름은 언제나 보헤미안이었다. 그때부터 사람들은 박 선생님을 '보헤미안'이라고 불렀다. 마치 호(號)를 부르는 것처럼 말이다.

보헤미안은 3년 후 안암동 고대 후문의 한갓진 뒷골목으로 이사했다. 커피를 볶는 작업실 공간이 필요했기 때문이다. 이후 안암동 보헤미안은 한국 스페셜티 커피의 출발점인 것처럼 애호가들 사이에 회자되기 시작했다. 그것은 보헤미안의 뜻도 의지도 아니었고, 따지고 보면 사실도 아니었다. 사실이야 어떻든 애호가들은 보헤미안을 한국 스페셜티 커피의 원조이자 상징으로 여겼다. '박이추 보헤미안'이 강릉으로 옮겨간 지 한참이 지났으나, 이같은 상징성으로 말미암아 안암동 보헤미안은 여전히 그 자리를 지키고 있다(지금은 박 선생님의 제자인 최영숙 씨가 맡아 운영하고 있다).

서울올림픽 이후 한국의 소비 문화는 크게 달라졌으나 커피 시장만은 요지부동이었다. 그때까지도 커피를 볶고 섞고 갈고 내리고 하여, 커피 잔에 담는 과정을 제대로 알고 하는 커피 전문점은 별로 없었다. 커피 생콩을 산지에서 직접 들여오는 것은 꿈도 꾸기 어려운 시절이었다. 한국 업자들은 일본 수입회사들이 나누어주는 생콩을 받아쓰고 있었다. 콩의 품질이 좋을 리가 없었다. 커피 볶는 기계도 구하기 어려워서 대구 커피명가 대표 안명규 씨 같은 이는 철공소에 가서 기계를 직접 만들기도 했다. 1989년의 일이었다. 한국 스페셜티 커피가 태동한 것은 30년이 채 되지 않는다.

그나마 1970년대까지 일부 다방을 통해 명맥을 유지하던 진짜 커피의 전통은 인스턴트에 밀려 끊어지고 말았다. 커피에 대해 배울 곳도 없고, 커피를 전반적으로 깊이 아는 사람도 없는 상황에서 커피업자들이 할 수 있는 것이라고는 함께 연구하는 방법밖에 없었다. 그것이 바로 협동이었다. 커피업 관계자들은 각자가 가진 지식을 공유했다. 박 선생님은 커피를 볶으면, 선배로 모시는 박원준, 박상홍 씨에게 맛을 보이고 평을 들었다. 두 분 모두 일본통이었다. 일본의 스승들에게도 수시로 커피를 보내 평가를 받았다.

커피업자끼리의 모임이 활성화하면서 한국커피문화협회가 출범했다. 모임을 주도했던 박 선생님은 초대 회장을 맡았다. 그분의 협동농장 꿈은 커피업계에서 이렇게 현실로 드러나기 시작했다. 형태와 내용이 다소 느슨한 협동이었지만 말이다.

그분이 만든 커피 네트워크는 커피업계 종사자를 넘어 일반 애호가에게까지 퍼져나갔다. 그것이 바로 내가 운 좋게 찾아간 보헤미안 커피교실이었다. 선생님은 커피교실 참가자들에게 각종 행사 정보를 알려주며 관심을 가져보라고 했다. 코엑스에서 열리는 식품기구전 팸플릿을 주었고, 커피점 운영자들을 대상으로 하는 에스프레소 강좌나 커피 볶기 강의 정보도 주었다. 나는 시간만 되면 그런 곳에 가서 참가비를 내고 열심히 배웠다.

한국커피문화협회에서 주관하는 세미나에는 전문가들이 모였다. 그들은 기자 한 명이 꾸준히 참석하면서 커피에 대해 이것저것 묻고 다니는 것을 재미있어했다. 그들은 아마추어인 내가 무슨 질문을 해도 친절하게 답해주었다. 기자라는 직업은 전문가들을 만나는 데 큰 도움이 되었다. 그때만 해도 좋은 커피를 대중들에게 널리 알리는 것이 그들의 공동 목표였다.

시간이 지날수록 내 커피 공부는 다양해져서, 일본으로 커피 여행을 떠나기에 이르렀다. 박상홍 선생님이 '가이드'가 되어 이끄는 '오사카·고베 커피 기행'이었다. 4박 5일 동안 좋은 커피점을 찾았고, 커피 볶는 공장을 견학하는 한편 최신 기계로 커피를 직접 볶기도 했다. 고베에 있는 커피 박물관은 일본 커피의 빼어난 수준을 한눈에 보여주었다. 그곳에서 들으니 일본은 커피를 중계하고 가공해 세계에서 가장 많은 돈을 벌어들이는 나라라고 했다.

커피 기구를 파는 시장에 들렀을 때 나는 너무 기뻐서 소리를 질렀다. 한국에서는 비싸서 살 엄두도 내지 못하던 타카히로 주전자를 비롯한 각종 기구가 잔뜩 쌓여 있었다. 나는 주전자를 포함한 드립 기구를 구입했고, 손으로 커피를 볶을 수 있는 수망식 기구를 사들고 들어왔다. 이후 집에서 커피를 볶아 먹기 시작했다.

2000년 초반 안암동 보헤미안에 손님으로 드나들던 단국대 교수가 단국대 사회교육원에 '커피 전문가 과정'을 만들었다. 지금은 전국에 수백 개를 헤아리는 커피 전문가 과정의 효시였다. 담당 교수는 박이추 선생님이었다. 좋은 커피를 만들 뿐만 아니라 세상에 알리려고 가장 열심히 노력했던 그분은 어느새 커피계의 아이콘으로 떠올라 있었다. 커피업계에서는 대학 사회교육원에 들어간 첫번째 프로그램의 첫번째 담당 교수는 당연히 보헤미안이어야 한다고 여기는 분위기였다.

박 선생님은 커피교실에서 그랬던 것처럼 사회교육원 강의를 여러 전문가에게 나눠주었다. 전문가들은 한국커피문화협회의 핵심 멤버들이었다. 나는 단편적으로 보고 들었던 내용을 전문가 과정에서 전반적으로 배울 수 있었다. 전문가 과정의 커리큘럼은 커피의 역사, 생산지 및 수확 방법 소개, 볶기, 만들기 등으로 이루어져 있었다.

박 선생님이 진행하던 강의에서 가장 인상적이었던 것은 어떤 정보도 아낌없이 나눠주려고 했다는 사실이다. 커피점을 열고 싶다는 수강생 한 명이 물었다.

"보헤미안은 한 달에 얼마나 법니까?"

당돌한 질문이었다. 그러나 모두 궁금해할 만한 질문이기도 했다. 박 선생은 "3백만 원쯤 가져간다"고 주저없이 답했다.

그 답변을 들으면서 '이분은 커피로 비즈니스를 하려는 것이 아니구나' 하는 느낌을 받았다. 커피를 통해 당신의 꿈을 실현하려고 한다는 말이, 그냥 하는 말이 아니라는 것을 몇 개월에 걸친 커피 전문가 과정에서 배우면서 확인했다.

보헤미안,

한적한 강원도 오지로
들어가다

나는 기자 생활을 하는 와중에도 거의 빠지지 않고 저녁 수업에 참여해 대학 사회교육원에 개설된 커피 전문가 과정 1기생 수료증을 받았다. 커피 수업을 들으러 가는 것은 늘 즐거웠다. 이렇게 재미있는 일을 직업과 연결시켜보면 어떨까 하는 생각이 들 즈음 상의를 드린 적이 있다.

"기자 그만두고 저도 커피점을 하고 싶은데요."

박 선생님은 하지 말라고 한마디로 잘라 말했다. 커피보다 잘할 수 있는 일이 있는데 왜 군이 커피를 직접 하려고 하느냐는 얘기였다. 취미로만 하라고 했다. "어떻게요?" 좋은 커피를 찾아 마시고, 커피 정보를 모으고, 앤틱 기구에 관심을 가져보라고 했다. 그리고 글쓰기로 좋은 커피를 세상에 알리는 데 기여하라고 했다. 그즈음에는 그다지 심각하게 고민한 것이 아니어서 나는 그 말씀을 따랐다.

일단 한국에서 커피를 잘한다고 소문난 전문점 리스트를 작성했다. 당시만 해도 잘한다는 커피점은 주인 이름까지 모두 외울 정도의 숫자밖에 되지 않았다. 전국적으로 봐도 수십 군데에 불과했다. 그즈음 박 선생님을 찾아오는 커피점 주인들이 많았다. 나는 그들과 친분을 쌓으면서 어느 지역이든 가리지 않고 찾아가서 커피를 마시고 이야기를 나누었다.

취재 중에 커피 애호가를 만나면 커피 이야기를 많이 나누었고 좋은 커피점이 있다는 이야기를 들으면 찾아갔다. 외국에 출장을 가도 좋은 커피점을 수소문해서 찾아다녔다.

박 선생님은 커피와 관련한 인터넷 카페가 있으니 들어가보라고 했다. 다음(Daum) 카페였다. 여러 직업에 종사하는 커피 마니아들을 만나 이야기를 나누는 것은 또 다른 즐거움을 안겨주었다. 나와 비슷한 '폐인' 혹은 '덕후'가 있다는 것이 무엇보다 반가웠다. 나는 커피교실, 전문가들의 커피 세미나, 사회교육원 커피 전문가 과정 등에서 배우고 익힌 것은 물론 커피와 관련한 것이라면 무엇이든 카페 게시판에 적어 올렸다. 일본 커피 여행기는 많은 사람들이 읽고 퍼 날랐다. 글을 부지런히 썼더니 나도 모르는 사이에 카페의 공동 운영자가 되어 있었다.

그 당시, 누구를 만나든 내가 하는 이야기는 요즘 식으로 말하면 '기승전커피'였다. 점심시간이 되면 동료 기자들을 좋은 커피점 옆에 있는 식당으로 끌고 갔다. 자동판매기 커피를 마시던 우리 회사 편집국에서도 어느새 좋은 커피콩을 사다가 내려 먹기 시작했다. 미술부 탁자에서 커피를 내리면 냄새를 맡은 기자들이 컵을 들고 모여들었다. 담배 냄새만 나던 우리 회사 편집국에 커피 향기가 퍼지니 좋았다.

내가 '커피에 미쳤다'고 소문이 났던 모양이다. 사람들을 만나기만 하면 커피 이야기를 했으니 나 스스로 소문을 낸 것이나 다름없었다. 『신동아』에 있던 선배가 내게 원고 청탁을 해왔다. '마니아의 세계'라는 시리즈였다.

이후 기회만 닿으면 매체를 가리지 않고 커피 이야기를 썼다. 내가 우리 잡지에 커피 관련 기사를 쓰겠다고 했을 때 "무슨 커피 기사를 3쪽이나 쓴다고 그래?"라고 반문하던 선배도 기사를 보고 나서 수긍했다. 커피의 역사는 동서 문명 접촉·교류사이며, 커피는 남북 문제 및 제3세계 문제를 관통하는 키워드이다. 2002년 캐나다에 와서는 커피 '공정거래(Fair Trade)' 운동을 토론토에서 접하고 취재를 해서 원『시사저널』에 써 보냈다. 페어 트레이드를 한국에 처음 소개하는 기사였을 것이다.

10년 뒤에는 『커피머니메이커』(시사IN북)라는 단행본을 펴내면서, 나는 박 선생님이 나에게 요청했던 것이 이런 것이 아닐까 싶었다.

선생님을 잘 알고 있으면서도 매체에 글을 쓸 때는 다시 인터뷰를 했다. 그때마다 박 선생님은 오랜 꿈과 목표에 대해 말해주었다. 선생님은 처음 만났을 때부터 꿈 이야기를 했다.

"조용한 동해안으로 가서 살고 싶다."

공기 좋고 사람 없는 곳에서 공부하며 커피를 만들고 싶다는 이야기였다. 커피점을 운영하면서, 한적한 곳으로 일부러 찾아 들어가고 싶다는 것은 앞뒤가 맞지 않았다.

"하고 싶은 일을 하면서 먹고살 정도만 벌면 나는 만족한다. 나는 남이 가지 않으려 하는 길을 가려고 애를 쓴다."

박 선생님한테서 이런 말도 들었으나 나는 반신반의했었다. 그러나 보헤미안은 2000년 들어 강원도 인적이 드문 오대산 진고개로 들어갔다. 사람들 눈에는 돌연한 일로 보였으나, 박 선생님으로서는 오랫동안 준비해온 이전이었다. 보헤미안은 오대산, 경포대 등을 유랑하듯 다니다가 강릉시 연곡면 영진리라는 작은 마을에 정착했다. GPS의 안내를 받으면서도 쉽게 찾기 어려운 외지고 한적한 곳이다.

공교롭게도 박 선생님이 강원도로 들어갈 무렵 한국에 커피 붐이 일기 시작했다. 나는 한국에서 커피점이 폭발적으로 늘어난 원인을 두 가지라고 본다. 첫째는, 박 선생님이 일찍이 예측했듯이 1980년대 우유가 그랬던 것처럼 커피가 2000년대의 새로운 대중 음료로 급부상했다는 것이다. 두번째는 직장에서 명예퇴직하는 사람들이 쏟아져 나오는 바람에 커피점이 자영업의 새로운 아이템으로 각광 받았다는 사실이다.

스타벅스 같은 외국 프랜차이즈가 들어와 커피 시장을 넓혔고, 좋은 커피를 널리 알리려는 커피업계의 노력 또한 거기에 일조했다. 대중들에게는 이름조차 생소한 '아메리카노'가 커피의 대명사로 불릴 뿐 아니라 '커피 볶는 집'이라는 간판이 길거리 곳곳에 등장한 것을 보면 격세지감을 갖게 된다.

얼마 전까지만 해도 캐나다에서 한국에 들어갈 때 가장 불편한 것은 커피를 마시는 일이었다. 가격은 터무니없이 비쌌고, 비싼 돈을 주고도 좋은 커피를 만나기가 쉽지 않았다. 한국의 커피가 달라졌다는 느낌이 든 것은 2010년대 중반 들어서였다. 예전에는 좋은 커피를 일부러 찾아다녔으나, 지금은 그럴 필요가 없다. 도시 어디를 가든 좋은 커피를 합리적인 가격에 그리 어렵지 않게 마실 수 있기 때문이다.

커피 시장이 급성장하고 새로운 커피 문화가 확산되면서 박이추 선생님은 한국 커피업계에서 '1세대 마지막 바리스타' 혹은 '커피 명인'으로 회자되고 있다. 강원도의 외진 바닷가에 있는 보헤미안까지 커피를 마시겠다며 전국에서 손님들이 찾아간다. 강릉에서 커피축제가 열리는 것은 그 도시가 '보헤미안 박이추'라는 콘텐츠를 보유하고 있기 때문이다.

한국에 커피 전성시대가 열리든 말든, 사람들이 '전설'이니 '명인'이니 하며 알아주든 말든 그분은 예나 지금이나 변함이 없다. 커피 인생을 살아오면서 지켜온 철칙, 곧 '협동'을 하고 늘 그 목표를 향해 천천히 다가가고 있다. 강원도로 옮겨와서도 '박이추 커피교실'은 계속되었다. 내가 그분을 처음 만났을 때와 별로 다를 바 없는 모습이다.

보헤미안이 꾸는
새로운 꿈

'커피 협동농장'

　　　　　　　달라진 것이 있다면 커피 전문가를 키우는 데
좀더 적극적이라는 사실이다. 커피업계에서 '교육'이라고 하면
누구나 바리스타 양성을 염두에 두게 마련이다. 그러나 박 선생
님의 관심은 아무도 주목하지 않는 쪽을 향해 있다. 커피나무 재
배 전문가를 육성하는 일이다.

　2014년 11월 강릉 보헤미안은 강릉 MBC와 함께 사천면 해안
로에 '박이추커피공장'을 설립했다. 보헤미안에서 10분 거리에
있는 커피를 볶는 대형 공장이자 카페, 상설 커피 교육장이다.
더불어 박이추커피공장은 커피나무 재배 전문가 양성을 위한 장
학금을 조성하는 곳이기도 하다. 강릉 출신 1호 유학생이 박이추
커피공장의 지원을 받아 남미 콜롬비아에 나가 있다. 유학생이
그곳 농대에서 공부하고 돌아오면 우리나라는 커피나무 전문가

를 보유하게 된다.

쌀이 밥맛을 결정하듯, 커피콩은 커피의 맛을 결정하는 가장 중요한 요소이다. 한국에서 '드립'이니 뭐니 하며 2차 공정에 그렇게 매달릴 수밖에 없었던 이유는 좋은 콩을 확보하기가 그만큼 어려웠기 때문이기도 하다. 한국의 커피 맛이 상향평준화했다면 그것은 좋은 콩을 그만큼 많이 들여온다는 것을 의미한다. 2000년대 들어 좋은 콩을 확보하려고 남미·아프리카 커피 산지를 직접 찾아다니는 전문가들이 우리나라에도 많이 생겨났다.

박 선생님은 몇 년 전부터 베트남, 캄보디아, 미얀마 등지를 둘러본다고 했다. 나는 그분도 다른 이들처럼 커피 농장에서 직접 커피콩을 구매할 것이라고 생각했었다. 최근에 알았다. 보헤미안은 콩을 구하려고 나간 것이 아니라 '보헤미안 커피농장'을 직접 만들기 위해 부지를 보러 다녔다는 것을. 커피농장 또한 '협동'을 통해 만들어진다. 크라우드 펀딩을 통해 투자자를 유치한 다음, 그들에게 커피나무를 분양하고 수확물을 전달하는 방식이다. 말하자면 새로운 형태의 커피 협동농장이다.

"이제 좀 편히 사시지, 왜 쉽지 않은 일을 새로 시작하려 하느냐"고 물었다. 박 선생님은 말했다.

"나는 늘 꿈을 꾸었다. 꿈을 실현하기 위해 하나씩 하나씩 준비하는 삶을 살아왔다. 그렇게 사는 것이 제대로 된 삶이 아닌가, 나는 그렇게 생각한다."

그분이 꾼 꿈들은 현실로 옮기기에 거의 불가능해 보이는 것들이었다. 서울에서의 기득권을 모두 포기하고 강원도로 터전을 옮긴 것 하나만 봐도 그렇다. 돈을 목적으로 하는 비즈니스와는 거리가 먼 행보였다. 그러나 그분으로 인해 강릉이 커피 도시로 변모했듯이, 그분이 새롭게 꿈꾸는 커피 협동농장도 좋은 결실을 맺을 수 있으리라 나는 믿는다.

나는 내 커피 선생님이 하라는 대로 지금도 이렇게 커피와 관련한 글을 쓰고 있다. 강릉 보헤미안은 '보헤미안 박이추'에 관해 쓴 많은 기사들을 액자에 넣어 진열해두었다. 내가 쓴 기사들이 지금도 가장 좋은 자리를 차지하고 있을 것이다.

1996년 처음 만난 이후, 선생님은 나를 만날 때마다 당신의 꿈과 그것을 실현해가는 과정을 이야기해주었다. 2014년 11월에 문을 연 '박이추커피공장'에서 2015년 여름 선생님을 만났을 때도 마찬가지였다. 커피로 꾸는 꿈 이야기를 나누는 시간은 언제나 즐겁고 유쾌했다.

김종성 선생님

한국의 대기업에서 일하다가 1980년대 후반 캐나다 토론토로 이주했다. 30년 가까이 패션업에 종사하면서 사업가로서 크게 성공했으며, 캐나다에 오는 이민 후배들이 낯선 땅에 안착할 수 있도록 많은 도움을 주었다.

토론토에서 시작한
내 새로운 인생의

스승

"언제 식사나 한번 합시다."

2002년 8월 초 대학 동창회 여름 캠핑에서 처음 만난 그 선배님은 말했다. 그해 5월에 캐나다에 살러 온 나는 대학 동창회와 연락이 닿아 여러 행사에 나가게 되었다. 6월에는 토론토의 한 공원에서 야유회가 열렸고 8월에는 토론토를 벗어난 온타리오 주립 공원에서 여름 캠핑 프로그램이 마련되어 있었다.

동문끼리 사이가 좋다고 소문난 대학(그래서 '교우'라는 용어를 쓴다)을 나왔으나 한국에 있을 적에는 모임에 나가본 적이 거의 없었다. 우리 회사에도 모임이 있었으나 시간이 지날수록 흐지부지했었다. 동창들끼리 모이면 남들 눈치도 보이고, 재미도 의미도 별로 없었기 때문이다.

그런데 캐나다에 건너와서 보니 동창회 모임의 의미가 많이 달랐다. 우리 가족이 새로 정착한 토론토는 피붙이는 물론 아는 사람도 거의 없는 낯선 도시였다. 대학 선배님들은 멀리 떨어져 살아온 탓에 오랫동안 만나지 못했던 친척 같았다. 그분들은 같은 대학을 나왔다는 이유 하나만으로 처음 보는 후배들을 따뜻하게 맞아주었다. 우리가 토론토로 건너갈 즈음에는 30대가 가장인 젊은 이민자 가족들이 많았다. 고려대 토론토 교우회는 그런 가족들을 위해 특별한 프로그램까지 만들어가며 진심으로 반가워했다.

교우회 캠핑은 그해 여름에 처음 생긴 젊은 후배 가족을 위한 프로그램이었다. 캐나다의 진면목 가운데 하나인 대자연을 맛보고 즐기면서 낯선 땅에 마음을 붙여보라는 배려였다. 나는 한국에서 들고 간 텐트를 깊은 숲속에서 처음 펼쳤다. 10년 동안 제대로 펼쳐볼 기회조차 없었던 텐트였다. 그 안에서 우리 가족은 이틀 밤을 잤다.

마지막 날 밤, 캠프파이어 프로그램이 있었다. 나는 오랜만에 기타를 잡았다. 대학 시절 성당 주일학교 교사를 한 경험이 있어서 기타 치면서 함께 노래 부르는 것이 내게는 퍽 익숙했다. 그곳에 모인 선후배들은 내 기타 반주에 맞춰 노래를 부르고 맥주병을 기울여가며 밤늦게까지 놀았다. 숲속에서 모닥불을 피워놓고 이렇게 놀 수 있다는 것이 퍽 신기했다.

다음날 아침, 캠핑을 마무리하면서 그 선배님은 "언제 식사나 한번 하자"고 말했었다. 캠핑 프로그램을 기획한 2002년 고대 교

김종성 선배님, 정성희 사모님 두 분을 만난 덕분에 우리 가족은 캐나다라는 낯선 땅에 안착할 수 있었다.
두 분은 우리에게 은인이자 스승이자 이민 생활의 롤 모델이다.

우회 회장단의 부회장 김종성 선배님이었다. 전날 밤 캠프파이어가 끝나고 나서 "수고했다"며 일부러 나를 찾아 손을 잡아주던 바로 그분이었다.

선배님은 이듬해 봄이 되어 연락을 해왔다.

"늦게 연락해서 미안하다. 그동안 많이 바빠서 늦어졌다."

그냥 지나가는 말인 듯했던 약속을 그 선배님은 몇 개월 동안이나 기억하고 있었다. 그 말을 가볍게 듣고 금방 잊었던 내가 오히려 미안한 마음이 들었다.

선배님 부부는 근사한 캐나다식 스테이크 식당에 우리 가족을 초대했다. 식사를 하면서 두 분은 우리 가족이 어디서 어떻게 살고 있는지, 정착하는 데 큰 어려움은 없는지, 아이들은 학교에 잘 다니고 있는지, 밥벌이를 위해 어떤 계획을 가지고 준비하고 있는지 등에 대해 물어보셨다. 당시로서는 우리가 이런 이야기를 터놓고 할 선배님도 많지 않았다. 우리가 처한 상황을 이야기하고 조언을 듣는 것이 무엇보다 절실할 때였다. 초기 이민자로서 내가 방향을 제대로 잡았는지에 대해 이야기를 듣고 싶었고, 조언을 들으면 무엇보다 시행착오를 줄일 수 있기 때문이었다.

김종성 선배님과의 인연은 그렇게 시작되었다. 그때만 해도 김종성, 정성희 선배님 내외분이 토론토에서 시작한 내 새로운 인생의 스승이 되어주실 줄은 몰랐다.

커피점을 열겠다는
꿈을 접다

　　　　　캐나다로 이민을 가겠다고 결심하면서 가장 고민했던 것은 역시 밥벌이 문제였다. 나는 과거 이민자들이 했던 가장 보편적 방식인 작은 비즈니스를 해야겠다고 마음먹었더랬다. 커피에 관심이 많았고 남들보다 잘 안다고 자부했던 터라, 나는 커피점을 운영하면서 빵을 구워 팔겠다는 꿈을 가지고 캐나다 땅을 밟았다. 뉴욕에서 한국인이 운영하는 베이커리 카페를 보고 그런 생각을 했었다.

　캐나다로 향하면서 '무엇을 하든 정직하고 성실하게 일하면 굶지는 않을 것'이라는 믿음과 자신감이 있었다. 그러나 현실은 생각만큼 만만하지 않았다. 믿음과 자신감만으로는 넘어설 수 없는 현실의 벽이 있었다. 일할 기회가 있어야 정직하든 성실하든 할 수 있었다.

경험을 쌓아보려 했으나 커피점에서는 최저임금 일자리조차 찾기 어려웠다. 매니저는 "뉴커머(새로 온 이민자)냐?"라고 묻고는 이력서를 두고 가면 연락하겠다고 했다. 그러나 연락을 해준 곳은 거의 없었고, 인터뷰를 한다 해도 그 자리에서 고개를 저었다. '돈을 받지 않고 일하겠다'고 해도 받아주지 않았다.

커피점 찾는 것을 포기하고 샌드위치 가게에서 일하기 시작했다. 가게 뒤에서 하는 허드렛일이었다. 몸으로 하는 일은 예상했던 것보다 훨씬 어렵고 고되었다. 섣불리 덤벼들 일이 아니었다. 새로운 일을 배우고 경험한다는 생각이 없으면 견디어내기도 쉽지 않은 일이었다. 대학 졸업 후 늘기만 하던 체중이 처음으로 쑥쑥 빠졌다. 음료수 박스를 들다가 난생처음 허리를 삐끗해서 오랫동안 고생을 하기도 했다.

샌드위치 가게에서 7개월 남짓 경험을 하고 나서 커피와 빵을 만들어 파는 베이커리 카페에 들어갈 수 있었다. 기뻐서 환호성을 질렀다. '이곳에서 배우면 꿈을 이룰 수 있겠다'는 희망이 생겨났다.

그곳에서 빵을 구웠으나 내가 배우려던 것은 아니었다. 내가 해야 할 일은 정해진 단순노동뿐이었다. 공장에서 냉동 상태로 온 빵을 녹이고 부풀려 구워내는 것이 일의 전부였다. 새벽 5시까지 출근하는 그 일은 아주 고되었다. 아이러니하게도 내가 그곳에서 배운 것은 새로운 이민자로서 커피점을 열기가 불가능하다는 사실이었다. 아무런 경험도 없는 내가 낯선 땅에서 커피점을 만든다는 것 자체가 어불성설이었다. 한국에서 한다 해도 쉽지 않았을 일이다.

권리금을 주고 살 만한 가게도 보이지 않았다. 커피점은 프랜차이즈가 대세여서 내가 꿈꾸던 것과는 거리가 멀었다.

여러 궁리를 하다가 작은 패스트푸드점을 인수했다. 얼마 지나지 않아 잘못 판단했다는 생각이 들었다. 사무실 빌딩 안 가게여서 일주일에 닷새만 문을 열고 가족 생활비 정도는 벌 수 있었으나 우리 부부가 골병들기에 딱 좋은 구조였다. 주말에는 쉬는 것이 아니라 거의 고꾸라지다시피 했다. 일하는 사람을 한 명 쓰면서도 우리 두 사람은 하루 종일 꼼짝도 못하고 가게에 붙어 있어야 했다.

집에서 날마다 100명이 넘는 잔치 손님을 치르는 것과 같은 일이었다. 우리 부부의 얼굴에서는 피곤기가 줄줄 흘렀다. 처음 해보는 일에 극도로 긴장한 나머지 아내는 자주 탈이 났다.

가게를 시작한 지 6개월쯤 지났을 무렵 김종성 선배님한테서 다시 연락이 왔다. 이번에는 집들이 초대였다. 식당에서 한 번 만난 이후 그동안 대학 교우회 행사와 소모임에서 가끔씩 뵙던 터였다. "이 친구들이 식당 운영은 잘하고 있나 궁금해서" 우리를 부르셨다고 했다. 금요일 저녁 선배님 댁에서 저녁 식사를 마친 다음 아내와 나는 피로에 지쳐 소파에 앉은 채 잠이 들었다. 그 모습이 선배님 눈에 퍽 안쓰럽게 보였던 모양이다.

며칠 후 집들이에 함께 갔던 다른 선배님이 전화를 해왔다. "김종성 씨가 일을 가르칠 생각이 있는 모양인데 연락해봐"라고 했다. 김종성 선배님은 고대 교우회 내에서 비즈니스로 성공한 선배 가운데 한 분으로 널리 알려져 있었다. 게다가 후배들에게 도움을 많이 주시는 분으로도 유명했다. '나도 저 선배님에게 일을 배우면 좋겠다'고 막연히 생각하던 터여서, 바로 연락을 드렸다.

그렇지 않아도 식당을 운영하면서 이런저런 생각이 많이 들 때였다. 아이 학교에서 선생님과의 면담이 있어도 몸을 뺄 수 없는 비즈니스를 계속해야 하나 하는 회의감이 들었다. 그렇다고 어렵게 잡은 비즈니스를 대안도 없이 그만둘 수는 없었다. 그러던 중에 선배님에게 일을 배울 수 있는 기회가 생겼으니 희소식이었다. 공교롭게도 그즈음 "식당을 인수하고 싶다"며 우리 가게를 찾아온 한국 남자가 있었다. 그는 서울에서 식당을 운영한 경험이 있다고 했다.

식당을 한 달 만에 정리하고 선배님에게서 일을 배우기 시작했다. 대학 11년 선배로서 우리보다 캐나다에 15년 정도 먼저 오신 선배님은 여성 옷과 핸드백, 액세서리 등을 판매하는 부티크 숍을 여러 개 운영 중이었다. 선배님은 말했다.

"한 가족을 책임지는 일이어서 일을 가르치겠다고 결정하는 게 쉽지는 않았다."

나는 그 마음을 잘 이해했다.

선배님 부티크에는 일하는 직원이 많았다. 나와 아내는 그중에서도 독특한 '신분'이었다. 우리 두 사람은 월급을 받는 직원인

동시에 일을 배우는 '학생'이었다. 말하자면 돈을 받아가며 공부하는 장학생이었던 셈이다.

토론토에 와서 1년 넘게 경험 삼아 했던 최저임금 노동은, 막상 내 비즈니스를 하는 데는 별 도움이 되지 않았다. 샌드위치 숍에서도, 베이커리 카페에서도 단순노동을 반복할 뿐 가게를 돌아가게 하는 시스템과 노하우를 접할 기회는 없었다. 선배님 가게에서 하는 일은 달랐다. 선배님 내외분은 우리에게 비즈니스를 돌아가게 하는 시스템과 운영 노하우를 하나하나 전수해 주셨다.

선배님을 만나면서 그분이 토론토에 정착할 당시의 이야기를 자세하게 들었다. 그분은 초기 이민자들이 겪는 일반적인 어려움은 물론 남들이 경험하지 못했을 특별한 어려움을 여러 차례 겪었다고 했다. 선배님은 토론토 다운타운에서 부티크 숍을 인수·운영하는 것으로 캐나다 이민 생활을 시작했다. 한국 대기업 출신으로서, 선배님 역시 비즈니스라고는 처음 하는 처지여서 말 그대로 운영에 혼신의 노력을 기울였다.

선배님 부부는 가게의 위치, 주변 환경, 손님의 성향과 기호 등을 분석하고 거기에 맞는 상품을 찾아 사방으로 뛰어다녔다. 토론토의 패션 경향을 파악하려고 지하철을 타고 몇 시간씩 돌아다녔다는 이야기도 들었다. 손님이 물건을 집어 들기에 가장 편안해할 만한 높이를 찾으려고 판매대를 여러 번 높였다 낮췄다 하기도 했다.

그렇게 노력한 결과 선배님의 비즈니스는 나날이 성장했다. 몇 년 후 재계약을 할 때가 되자 건물주가 요즘 말로 '갑질'을 하기 시작했다. 임대료 인상은 물론 실내 인테리어를 새로 하라면서 터무니없는 비용을 요구했다. 사실상 가게를 비우라는 얘기였다. 그것은 가게에 들인 권리금뿐만 아니라 그동안 투자한 비용과 시간, 노력 들을 모두 포기하라는 것, 곧 맨손으로 나가라는 것과 다름없었다.

새로운 땅에 살러 온 사람들이 믿고 의지할 수 있는 것은 열심히 일하면서 흘리는 땀밖에 없다. 남다른 정성과 노력을 기울인 사람에게는 그 보답이 오게 마련이다. 그것은 특히 위기의 순간에 빛을 발한다. 김종성 선배님의 경우가 그랬다.

평소 부티크 앞을 오가면서 선배님 부부가 가게를 운영하는 모습을 유심히 지켜본 부동산 중개업자가 있었다. 그는 토론토 고층 빌딩의 상가에 좋은 가게를 유치하는 일을 전문적으로 하는 사람이었다. 그 중개업자가 선배님의 가게 문을 열고 들어섰다. 그는 "새로운 빌딩에 가게 자리가 하나 났는데 그곳에 들어올 의향이 있느냐"고 물었다. 물론 그는 선배님이 처한 어려운 상황을 모르고 한 말이었다. 그가 관계하는 대형 빌딩은 고급 부티크 숍을 필요로 했고, 그런 가게를 찾아다니던 중개업자에게 밝고 깨끗하게 운영되면서 성업 중인 선배님의 가게가 눈에 띄었을 따름이었다. 전화위복이자 극적인 반전이었다.

새로운 빌딩에 새로운 부티크를 만들어 들어가면서부터 선배님의 비즈니스는 탄탄대로에 접어들었다. 좋은 가게는 빌딩을 빛나게 한다. 얼마 지나지 않아 이번에는 빌딩 소유주가 선배님 가게 문을 열고 들어섰다. "고맙다"는 말을 전하기 위해서였다. 토론토의 고층 빌딩을 다수 보유하고 있는 그는, 이후 선배님과 샌드위치를 나눠 먹는 허물없는 친구 사이이자 든든한 후원자가 되었다. 그는 사업의 근거지를 미국 플로리다로 옮기고 난 이후에도 선배님과 친구 관계를 계속 유지해오고 있다.

좀 다른 내용이 되겠지만, 이 대목에서 선배님의 특별한 '친구 관계'에 대해 이야기할 필요가 있겠다. 앞서 말한 빌딩 소유주를 비롯해 김종성 선배님한테는 의외의 친구가 여럿 있다. 상식적으로 생각할 수 있는 보통 친구들이 아니다. 이를테면, 선배님이 한국에서 직장 생활을 하던 시절 공부를 하려고 한국에 건너온 독일 출신의 젊은 커플이 있었다. 선배님 댁에서 몇 개월 홈스테이를 하며 인연을 맺은 이후, 그들은 지금까지도 선배님 내외분과 좋은 친구로 자주 만난다. 유럽과 캐나다를 서로 오가면서 말이다.

통념 깨기와
발상의 전환을

배우다

내가 선배님 밑에서 일을 배우기 시작할 무렵, 선배님의 부티크 숍들은 토론토 지하철역 안에 있었다. '배운다'는 의미는 비즈니스를 성공적으로 이끌어온 남다른 비결과 선배님이 겪어온 수많은 시행착오를 구체적으로 들여다보는 것을 의미한다. 또한 비즈니스를 일구어온 피땀 어린 시간을 간접으로나마 체험하는 일이기도 했다. 선배님은 낯선 땅에서 십수 년 동안 사업을 해오면서 앰블런스에 실려가는 위기도 여러 차례 경험했다. 그분은 그렇게 쌓아온 베테랑의 노하우를 우리 부부에게 고스란히 물려주었다.

옷가게의 거래처 목록은 식당의 레시피와 똑같은 의미를 지니고 있다. '어떤 회사'에서 '품질 좋은 상품'을 '좋은 가격'에 '얼마나 빨리 가져오느냐' 하는 것이 패션 비즈니스의 성패를 좌우하는 첫번째 관건이다. 선배님 가게로 출근한 첫날부터 나는 선배님과 사모님을 따라 그분들의 거래처부터 찾아다니기 시작했다. 두 분이 오랜 세월 발품을 팔아가며 찾아내고 그동안 좋은 관계를 유지해온 회사들이다.

나는 선배님의 거래처들을 순례하면서 판매 담당자들과 인사를 나누었다. 선배님은 나를 동생이라고 소개했다. '존 킴 브라더'라고 하면 회사 담당자들이 반가워했다(존은 선배님의 영어 이름이다). 선배님 소개를 받지 않았다면, 그런 회사들은 찾아내기도 어려울 뿐만 아니라 설사 돈이 있더라도 물건 사기가 쉽지 않은 곳들이다. 나는 물건을 찾고 고르고 '딜'을 하는 방법, 거래처 사람들을 대하는 방법 등에 대해 하나씩 배워나갔다.

선배님은 비즈니스를 운영하면서 남들이 갖고 있는 성실함과 적극성, 창의적인 사고 외에 남다른 덕목을 하나 더 가지고 있었다. 발상의 전환 혹은 통념 깨기이다. 나는 성공의 키워드인 바로 이것을 배워야 했다. 선배님은 보통 사람들이 비즈니스를 하면서 갖게 마련인 통념과 습성을 깨고, 사안에 역으로 접근하기도 했다.

통념대로라면 가게에 오는 손님은 왕이다. 그러나 나는 모든 손님을 왕으로 여기지 않는다. 이를테면 '진상'이나 말썽쟁이들의 경우, 그들을 손님으로 여겨 괴로움을 자초하는 것보다는 가게 밖으로 빨리 내보내는 것이 최선이다. 그들에게 끌려다니며 에너지를 소모하는 대신 손님다운 손님에게 서비스를 집중하는 것이 훨씬 더 '남는 장사'이다.

거래처에 대해서도 마찬가지이다. 소매업자는 도매회사의 손님이다. 손님들은 대접을 받고 싶어하게 마련이다. 그러나 선배님은 그 반대로 했다. 손님이면서도 도매회사 직원을 오히려 귀한 손님 대하듯 했다. 그렇게 해서 좋은 관계를 맺으면, 좋은 물건을 좋은 조건에 남들보다 한발 먼저 구할 수 있다. 거래처가 선배님 같은 최상급 손님에게 갖가지 혜택을 주는 것은 자연스러운 일이다. '없어서 못 파는 물건'은 다 팔리기 전에 따로 빼놓았다가 주기도 하고, 잘 팔릴 만한 신상품이 들어오면 가장 먼저 연락을 해온다. 가격 또한 남들보다 조금이라도 낮춰준다.

거래처에 가서 대접을 받으려 하기보다 내가 대접을 하면 그 결과가 이렇게 나타난다는 것을 나는 배웠다. 나는 내 비즈니스를 하게 되면서 당연히 배운 대로 했다. 무엇보다 '존 킴 브라더'라는 이유로 도매회사에서 많은 혜택을 누렸다. 자기가 손님이라고 거래처에 가서 큰소리를 치는 소매업자만큼 어리석은 사람도 없다.

보통의 경우, 거래처에서 대금 지급은 그달의 마지막 날에 결재되는 수표로 이루어진다. 그러나 선배님은 남들처럼 하지 않았다. 현금으로든 신용카드로든 물건을 받는 바로 그 자리에서 결재했다. 그것을 환영하지 않을 거래처는 없다. 이런 일이 반복되면 '신용 등급'은 자꾸 높아진다.

이른 아침 출근길에
옷을 사게 하는 노하우

선배님의 통념 깨기는 당연히 가게 안에서도 이루어졌다. 부티크 손님들은 "새 상품이 언제 들어오느냐?"고 자주 묻는다. "매일"이라고 답하면 놀라지 않는 사람이 없다. 선배님 가게에서 일을 배울 때 옷을 생선이나 채소처럼 여기는 것이 퍽 신기했다. 상하는 물건도 아닌데 상품을 저렇게까지 다룰 필요가 있을까 싶었다.

일을 배우면서 알았다. 지하철 손님들은 매일 출퇴근을 하며 가게 앞을 지나다니는 만큼, 아침저녁으로 신선한 느낌을 주어야 했다. "저곳에 가면 언제나 새로운 상품이 있다"는 것은 옷가게가 지닐 수 있는 가장 좋은 이미지이다.

나는 선배님한테서 배운 대로 매일 차를 몰고 새로운 물건을 찾아 이곳저곳을 누비고 다녔다. 과거 우리 회사 안병찬 편집주간은 기자들을 "조랑말 타고 초원을 달리는 몽골 기병"이라고 표현했다. 나는 차를 몰고 토론토 인근 거래처를 돌아다니면서 정말 몽골 기병이나 된 듯한 기분이 들었다.

옷 가게의 문을 아침 7시에 연다고 말하면 "그 시간에 옷을 사는 사람이 있나?" 하고 반문하지 않는 사람이 거의 없다. 선배님은 사람들이 으레 갖게 마련인 이런 통념을 깨뜨렸다. 출근하느라 바쁜 사람들이 쇼핑을 하겠느냐는 생각 대신, 그 시간에도 '사람이 많다'는 데 주안점을 둔 것이다. 손님들은 출근 시간에 쇼핑할 기회를 주는 가게에 열광했다. 오래 지나지 않아 선배님 가게는 문 여는 시간을 30분 일찍 앞당겨야 했다.

오전 6시대 이른 시간에도 손님들로 하여금 옷을 사게 하는 것이 선배님이 가진 비즈니스 노하우이다. 그 시간에 옷을 사게 될 줄은 손님들 자신도 몰랐을 것이다. 그 노하우는 지하철 손님들의 성향과 토론토의 쇼핑 여건 등을 종합적으로 분석한 데서 연유했다. 자동차 없이는 쇼핑몰에 접근하기가 여의치 않은 토론토의 특성을 고려한 데서 나온 착상이었다. 출근 시간에 미리 '눈도장'을 찍어두었다가 퇴근 시간에 물건을 찾는 손님도 많다.

선배님이 우리에게 "무서워해야 한다"고 가르친 것이 있다. 바로 '재고'이다. 재고를 다루는 것 또한 비즈니스의 성패를 좌우하는 중요한 요소이다. 극단적으로 말하면, 옷과 액세서리도 생선처럼 썩는 상품이다. 팔리지 않는 물건은 오래 쥐고 있어봐야 공간만 차지하고 가게 이미지만 망가뜨린다. 악성 재고는 손해를 보더라도 빨리 털어내야 한다. 그 자리에 팔리는 물건을 가져다 놓아야 가게가 돌아간다. 선배님은 "재고를 헐값에 파는 것이 아깝다는 생각이 들면, 광고를 한다고 생각하라"고 가르쳤다. 그렇게 생각하니, 상품을 원가에 팔아도 마음이 편했다.

선배님은 토론토 지하철역 안의 어둡고 우중충한 자리, 들어온 사람마다 포기하고 나간 자리에 들어가 그곳을 밝고 예쁘게 꾸며놓았다. 그런 가게를 여러 개 만들어내면서 어두운 지하 공간을 환하게 밝혔으니, 한국의 지하철공사격인 TTC(Toronto Transit Commission)가 좋아하는 것은 당연했다. 담당 직원들은 선배님에게 늘 호의적이었다.

어느 날 선배님은 TTC 본사에서 미팅이 있으니 들어가자고 했다. 담당자들을 함께 만나자는 말씀이었다. 토론토에 살게 된지 몇 년 되지 않아 캐나다에서의 경험이나 크레딧이 없는 나로서는, 선배님 소개가 없으면 만나기가 불가능한 사람들이었다. 선배님은 그들을 만날 때마다 내 존재를 환기시키며 기회를 만들고자 했다. 기회가 왔다.

TTC가 관리하는 공간에 가게 자리가 났다. 담당자들은 선배님에게 연락을 했고, 선배님은 바로 그들을 만나 오랜 시간 논의했다. 그 모임을 마치고 나온 선배님은 진이 빠진 모습이었다. 좋은 조건으로 그 자리를 얻기 위해 최선을 다 했으리라는 것은 선배님 모습만 보고도 알 수 있었다. 이후 돌발적인 변수가 생기는 바람에, 비록 그 자리와 인연을 맺지는 못했으나 당시 나는 속으로 생각했다. '이미 나는 많은 것을 얻었다'고.

성우제가
망해 나가면

내가 책임진다

　　　　　　선배님 밑에서 일하면서 배운 1년 4개월 동안 우리는 지하철역 안 부티크 숍을 운영하면서 겪게 되는 온갖 자잘한 일들을 섭렵했다. 다른 곳에 가게 자리가 났고, 우리는 그곳에 바로 들어가 가게 문을 열었다. 캐나다식으로 말하면 '셋업'이고 한국식으로 말하면 '창업'이었다. 선배님은 "성우제가 망해 나가면 이 자리는 내가 책임진다"는 문서에 서명하는 보증인이 되어주었다. 나는 준비를 하면서 우리 가게가 잘될까 하는 걱정은 한 번도 하지 않았다. 선배님한테 배운 대로만 하면 문제가 없을 것이라는 확신이 들었다.

　나는 선배님 가게의 운영 시스템을 하나에서 열까지 우리 가게로 그대로 옮겨왔다. 선배님 가게에서 이미 검증된 것인 만큼 새로운 가게에서도 시스템은 잘 돌아갔다. 가게가 문을 새로 열면 그 자리에 적응할 시간이 필요하게 마련이지만 우리 가게는 그럴 필요가 없었다. 선배님 가게를 그대로 옮겨놓은 듯해서 지하철 승객에게 이미 익숙했기 때문이다.

가게는 첫날부터 손님들로 붐볐다. 프랜차이즈가 아니면서도 새로운 가게가 마치 오래된 가게처럼 움직이니 손님들은 편안해했다. 2006년 4월이었다. 캐나다에 살러 온 지 4년 만이었다. 나는 마치 대학을 졸업하고 좋은 직장에 취직한 것만 같았다. 나는 가게 문을 열고 밥벌이를 하면서 토론토에 비로소 뿌리를 내렸다는 기분이 들었다.

가게 문을 열기 전날 선배님 내외분을 비롯한 어른 몇 분이 와서 우리 가게가 성공하기를 기원해주셨다. 선배님은 평소와는 달리 넥타이를 맨 말끔한 정장 차림이었다. 그 차림새 하나만으로도 선배님의 마음이 어떠한가를 잘 알 수가 있었다. 간소한 개업식이었으나 개업을 축복하는 의식은 엄숙하고 감동적이었다.

그 자리가 끝나고 선배님은 개업을 축하하러 오신 분들에게 저녁 식사를 대접했다. 내가 하겠다고 해도 굳이 말리셨다. 헤어질 때는 편지를 주면서 집에 가서 읽어보라고 했다.

열심히 살아보자고 하던 처음의 그 뜻과 마음 변치 말고, 두 사람이 서로 격려해가면서 한 단계씩 성공의 탑을 쌓아나가기 바란다. 큰 판을 짜서 퍼즐게임을 하듯 한 조각 한 조각 찾아가다 보면 훗날 모든 것이 자연스럽게 이루어질 것이다. 절대 조급해하지 말고, 두려워하지 말 것이며, 결정된 사항은 바로 실행에 옮기기 바란다. 행복하고 평안한 가운데 성공하기를 간절히 소망하면서.

2006년 4월 24일

김종성

우리 가게를 열고 10년이 넘는 세월이 흘렀다. 선배님 내외분은 처음 만났을 때나 지금이나 변함이 없다. 예나 지금이나 두 분은 여전히 우리에게 은인이자 스승이자 이민 생활의 롤 모델이다.

만나고 헤어질 때마다 사모님은 말씀하신다.

"아, 재미있다."

우리 마음이 늘 그렇다.

우리 가족은 김종성 선배님을 대학 동창회 그룹 캠핑에서 처음 만났다. 2002년 8월 고대 토론토교우회가 새로 온 젊은 이민자 가족들을 위해 마련한 행사였다. 위는 캐나다 온타리오 주 본에코 주립공원에 가족 캠핑을 가서 찍은 사진이다.